이걸로 살아요

これで暮らす

이걸로 살아요

これで暮らす

무레 요코 지음

이지수 옮김

다빈북

차례

1 스타우브, 뚝배기 냄비로 밥 짓기 · 007

2 만년필, 지우개 전통적인 필기구 · 019

3 다카시마치지미 파자마, 삼베 시트 시원함을 찾아서 · 030

4 신문지 쓰레기봉투 플라스틱을 끊고 싶다 · 042

5 하이네리, 청소 솔 끈덕진 때 제거하기 · 054

6 오팔 털실 부담 없이 뜰 수 있는 양말 · 066

7 에네탄 베개 또다시 플라스틱 문제 · 078

8 편지지 세트, 엽서 귀여운 종이 친구들 · 090

9 콩접시, 대접시 평소에 쓰는 식기 · 102

10 문짝 달린 목제 책장 쇼와 책장의 정취 · 114

11 벨레다, 보디 시트 어쩔 수 없는 땀 대책 · 126

12 삼베 침대 패드, 삼베 이불 아무튼 시원하게 · 137

13 배저, 국화 모기향 각종 모기 퇴치 제품 · 148

14 온습도계 눈으로 확인하는 쾌적한 환경 · 159

15 습윤 밴드 상처가 나도 괜찮아 · 170

16 스카프, 손뜨개 목도리 옷차림의 미학 · 182

17 손목시계 젊은 시절의 물건 계속 즐기기 · 193

18 지요가미, 포장지 북커버 씌우기 · 204

19 빗자루와 먼지떨이 청소를 심플하게 · 216

20 불상, 성모 마리아상, 고양이상 마음이 포근해지는 장식품 · 228

21 꽃병 꽃 장식하기 · 240

옮긴이의 말 손에 쥘 수 있는 작은 행복 · 253

1

스타우브, 뚝배기

냄비로 밥 짓기

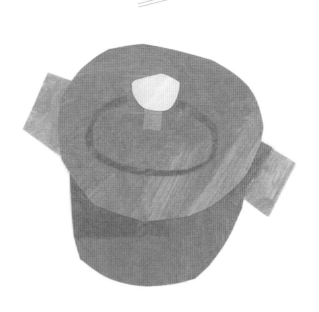

혼자 살기 시작한 스물네 살 때 전기밥솥을 가지고 있었는지 기억나지 않는다. 독립하면 현미밥을 지어 먹고 싶었기 때문에 압력솥으로 매일 밥을 했다. 새로운 가전제품을 살 여유도 없었고, 주위 사람들로부터 이런저런 물건을 얻긴 했지만 전기밥솥은 받은 기억이 없다. 그러니 내 집에는 없었을 것이다.

내가 지어 먹었던 건 현미 팥밥이었다. 현미와 팥을 냄비에 넣고, 물을 맞춘 뒤 불을 켜서 압력을 높이고, 끓어오르면 불을 낮추고, 시간이 되면 불을 끄고 김이 빠져나갈 때까지 놔둔다. 타이머를 맞춰 시간만 재면 되니 냄비 앞에 딱붙어 있을 필요도 없다. 전기밥솥보다는 품이 좀 들지만 이

때부터 밥은 냄비로 짓는 습관이 들었다.

내 느낌상 요즘은 쌀보다 빵을 주식으로 먹는 예가 많아서 집에서 밥을 짓는 사람이 점점 줄어드는 것 같다. 마트에 가보면 반찬뿐만 아니라 주식용 빵을 사는 사람도 많다. 거기다 생선구이, 조림, 나물까지 온 가족의 분량인지 네 팩씩 사서 장바구니를 가득 채운 아주머니도 보았다. 그런 모습을 보고 지금은 집에서 먹는 밥도 돈 주고 사는 시대가 되었음을 느꼈다. 편의점 삼각김밥도 종류가 다양해졌고, 각양각색의 도시락도 살 수 있게 되었으니 식사를 외부에서 조달하는 게 더욱 쉬워졌다. 자취하는 학생이라도 부엌칼은 없을지언정 전자레인지는 가지고 있을 테니 팩으로 파는 밥은 틀림없이 요긴할 것이다.

그러는 한편에서는 값비싼 전기밥솥이 팔리고 있다. 내가 압력솥으로 현미 팥밥을 짓던 시절에는 현미밥을 지을 수 있는 전기밥솥이 분명 없었던 것 같은데, 지금은 현미밥, 초밥, 영양밥 등을 각종 취사 모드로 선택할 수 있는 모양이다.

처음에는 '다들 살기도 바쁘다고 하는데 이런 상품이 과연 팔릴까?'라고 생각했지만, 연신 새로운 기술이 도입되더니 솥에 숯과 다이아몬드 성분이 들어 있다든가 솥을 구리로 만들었다든가 하며 갖가지 광고가 나왔다. 솥뿐만 아니라 취사 방식에도 기술이 도입되어 먹는 사람의 기호를 반영할 수 있게 되었다. 가전제품에 빠삭한 누군가가, 된밥을 좋아하는 사람은 이 전기밥솥, 진밥을 좋아하는 사람은 저 전기밥솥 하며 개인의 취향에 따라 기종을 권하기에

'이렇게까지 세분되어 있다니.'

하고 감탄했다.

가격도 5만 엔, 6만 엔이라서 깜짝 놀랐는데, 14만 엔이나 하는 전기밥솥까지 등장한 모양이다. 물론 사는 건 틀림없이 경제적 여유가 있는 사람이겠지만, 고가의 전기밥솥 구매자 중에는 중장년층이 많으며 집에서 맛있는 밥을 먹고 싶어 하는 이들에게 잘 팔린다고 한다. 증기의 힘으로 밥을 짓는다는 밥솥을 사려면 몇 년을 기다려야 한다는 이야기도 들었다. 집에서 요리해 먹는 사람이 줄어들고 있는데도 냉장고는 거대해지고 전기밥솥은 비싸진다. 그만큼 수요가 있으니 기업도 신제품을 내놓는 것이며, 다른 분야에서도 그런 경향이 있지만 음식을 만든다는 행위도 양극화되고 있다.

값비싼 전기밥솥이 슬슬 나오던 무렵, 본가에 혼자 사는

어머니를 위해 친구가 그런 밥솥을 선물했다. 어머니는 그 전까지 썼던 전기밥솥으로 지은 밥과는 차원이 다르다며, 무척 맛있다고 기뻐했다 한다. 친구에게 그 이야기를 들은 나는 그만한 가격이니 역시 다르구나 하고 감탄했지만 밥솥을 새것으로 바꿀 마음은 들지 않았다.

당시 나는 현미밥은 진작 관두고 친구한테 받은 뚝배기로 배아미*밥을 지어 먹고 있었다. 그 뚝배기는 내가 직접 사기에는 망설여지는 가격의 물건이었다. 지금은 작은 사이즈도 나온 모양이지만 당시는 6인용 이상밖에 없었던 것 같다. 그 6인용 뚝배기로 1인분의 밥을 지어 맛있게 먹었는데, 어쨌거나 두껍고 크고 무겁고 퉁퉁해서 설거지하기도 힘들었다. 그것을 얼마간 썼지만 바닥에 떨어트리는 바람에 깨져서 못 쓰게 되었다.

그래서 급하게 조림용으로 쓰던 르쿠르제 냄비로 밥을 하기 시작했는데, 능숙하게 짓기까지 불 조절이 꽤 어려워서 냄비 앞에 서 있는 시간이 많아졌다. 그 이야기를 지인에

---

* 쌀알에 씨눈이 50퍼센트 정도 남도록 도정한 쌀.

게 했더니 밥 먹으러 자주 가는 일식당에서 쓰는 뚝배기를 얻어주겠다고 했다. 그리하여 나한테 도착한 것이 다이코 쿠요大黑窯의 '다이코쿠 고항나베'였다. 불룩하고 두툼한 뚝배기와는 달리 반코야키*라서 얇고 가볍다. 겉뚜껑과 속 뚜껑이 딸려 있는데, 뚜껑을 덮을 때 두 뚜껑의 구멍 위치를 90도로 맞추는 게 요령이라고 배웠다. 또 식당에서 밥을 지을 때는 겉뚜껑의 테두리를 행주로 감싸 남는 수분을 흡수시키니, 그렇게 하는 편이 더 좋을 거라고도 했지만 귀찮아서 하지 않았다. 본체와 겉뚜껑, 속 뚜껑 모두 부서지면 그 부품만 살 수 있다는 점도 좋았다. 지불한 금액은 4천 엔 정도였다.

이 뚝배기의 편한 점은 불 조절이 일절 필요 없다는 것이었다. 나는 4인용 뚝배기에 쌀을 1홉 반씩 넣어서 밥을 지어 먹었다. 백미 반 홉, 오분도미 1홉의 비율이다. 쌀을 30분 불렸다가 불에 올리기 직전에 아마란서스, 피, 차조 등의 잡곡을 조금씩 넣고, 물을 맞춰 중불에서 15분 둔 뒤 불을 끄

* 일본 미에현에서 주로 생산하는 얇고 단단한 도자기.

고, 10분에서 15분가량 뜸을 들이면 완성이다. 불에 올리고부터 30분도 채 지나지 않아 갓 지은 밥을 먹을 수 있다. 전기밥솥의 정확한 조리 시간은 모르지만 그보다 빠르지 않을까 싶다. 이러니 뚝배기로 밥을 짓는 쪽이 편해서 전기밥솥을 내내 사지 않고 있었다. 직접 먹고 비교해보면 이 뚝배기로 지은 밥보다 고가의 전기밥솥으로 지은 밥이 더 맛있을 수도 있지만, 나는 뚝배기 밥에 불만이 없으므로 그로써 충분했다.

조금 눌어붙긴 하지만 설거지도 편하니까 이대로 계속 쓰겠거니 하며 20년 가까이 사용해왔는데, 요즘 들어 좀 더 작은 냄비가 좋지 않을까라는 생각이 들었다. 1홉 반을 지으면 아무래도 며칠씩 나눠서 먹게 된다. 우리 집에는 전자레인지가 없어서 냉동한 밥을 쪄서 해동했는데, 한 끼에 먹는 양도 점차 줄어들고 밥 짓는 분량별로 가장 알맞은 냄비 사이즈도 있으니 더 조그만 냄비는 없는지 찾는 중이었다.

나는 평소 백화점이라면 지하의 식품 매장과 기모노 매장에만 볼일이 있어서 다른 매장을 구경하는 경우가 거의 없는데, 그날은 약속 시각보다 일찍 도착해서 주방용품 매장을 기웃거렸다. 거기서 내 눈을 사로잡은 것이 스타우브의 '라이스 꼬꼬떼'였다. 잡지에서 스타우브로 밥을 짓는 사진을 몇 번 본 적이 있었다. 두꺼운 주물 냄비라서 밥 짓기에 적합하다는 건 알고 있었고, 분명 맛있게 지어질 테지만 우리 집에는 편리한 뚝배기가 있었다. 게다가 다소 투박해서 캠핑에서 쓸 법한 이미지였던 탓에 진녹색이나 회색 같은 색상에도 딱히 흥미가 생기지 않았다.

그런데 매장에 있는 건 앙증맞고 동그스름해서 무척 귀여웠다. 밥이 맛있게 지어지도록 가마솥을 본뜬 형태로 만들었다고 한다. 게다가 냄비 색깔이 어디에서도 본 적 없는 짙은 빨강. 그레나딘grenadine 레드라 부른다고 한다. 은색 뚜껑 손잡이도 귀엽다. 가격이 쓰여 있는 설명서를 봤더니 S 사이즈가 2인용이었다. 주물인 르크루제도 어느 순간부터 무겁게 느껴져서, 냄비 질은 좋았지만 밥 짓는 데 쓰는 건 관둬버렸다.

시험 삼아 그 작은 냄비를 들어보니 확실히 묵직하긴 했지만 안정감이 있어서 부담 없이 쓸 수 있을 듯했다. 다시 원래 장소로 되돌려두고 조금 떨어져서 가만히 바라보다가,

'역시 귀여워.'

하며 거의 충동적으로 그 냄비를 사버렸다. 아쉬웠던 건 냄비 사이즈가 작아서 뚜껑 손잡이를 달팽이, 닭, 돼지, 소, 물고기 같은 동물 손잡이로 바꿔 달지 못한다는 점인데, 뭐 어쩔 수 없지. 그걸 위해 큰 냄비를 살 생각도 없으니

'이 손잡이 귀엽네.'

하며 인터넷으로 사진만 구경한다.

지금까지 사용해온 다이코쿠 고항나베는 재료를 잔뜩 넣은 영양밥이나 조림을 할 때 쓸 수 있으니 그대로 남겨두고, 이제부터는 라이스 꼬꼬떼로 밥을 짓는 데 익숙해져야 한다. 우선 사용하기 전에 시즈닝(길들이기)을 할 필요가 있어서, 뜨거운 물로 씻어 말린 뒤 집에 있던 참기름 냄새가 덜 나는 생참깨 기름을 써서 시즈닝을 했다. 방법은 냄비 안쪽 전체에 기름을 바르고 약불에 올려 타지 않을 만큼 몇 분간 가열한 후 남은 기름을 닦아내는 것. 냄비 안쪽의 광택이 사라져가면 시즈닝을 하는 편이 좋다고 한다. 시즈닝을 하지 않은 채로 계속 쓰면 냄비 안쪽이 말라서 부옇게 변하거나 잘 눌어붙는 모양이다. 다이코쿠 고항나베는 손질 같은 건 하지 않고 그냥 내버려뒀었다. 그저 냄비 안쪽과 바깥쪽을 씻고 닦고 쓰는 것의 반복이었으니 그 점에서 새 냄비는 조

금 귀찮다. 하지만 이 또한 마음에 들어 구매한 냄비에 대한 애정이라 생각하고 부지런히 하기로 결심했다.

물의 양은 백미 1홉에 180밀리. 지금까지 쓰던 뚝배기에 비하면 살짝 적다. 물을 넣고 30분 불린 뒤 밥 짓기에 들어간다. 10분에 걸쳐 약불로 서서히 끓여야 하는데, 이때 뚜껑은 덮지 않는다. 끓어오르면 가볍게 휘젓고 나서 뚜껑을 덮고 다시 약불로 10분, 그런 다음 10분간 뜸을 들이면 완성이다. 총 30분이니 드는 시간은 전에 쓰던 뚝배기와 거의 같지만 불에 올리고 내버려둘 수 없다. 하지만 이 정도 수고는 별스러운 게 아니고, 밥을 지을 때 끓어오르기 전까지 뚜껑을 열어두는 방법도 이제껏 써본 적이 없어서 흥미진진했다.

실제로 해봤더니 쌀을 불린 시점에서 이미 물 대부분이 사라진 상태였다. 이래도 될까 불안해하며, 일단 10분 안에 끓어오를 것으로 보이는 약불에 올리고 시간을 쟀다. 7분쯤에 끓기 시작해서 허겁지겁 불을 줄이고, 스타우브의 밥 짓기 동영상에서 본 것보다 물이 명백하게 적은 듯해 조금씩 물을 더 넣어봤다. 사진으로 본 것과 비슷하게 물의 양을 맞추니 10분쯤에 끓어서, 가볍게 휘저은 다음 같은 불에서 그대로 뚜껑을 덮고 10분. 그런데 지나친 약불로 오래 켜둔 탓에 우리 집 가스레인지의 센서가 작동해서 도중에 꺼지고 말았다. 안전성 측면에서는 좋은 일이지만 이런 경우에는 좀 성가시다. 서둘러 다시 불을 켜고 매뉴얼대로 밥을 다 지은 다음 10분간 뜸을 들였다. 끓어 넘치는 일은 전혀 없었다. 전에 쓰던 뚝배기는

'이제 곧 끓어 넘칩니다아아.'

하고 알려주듯 4분쯤 전에 냄비 뚜껑이 달그락거렸는데, 이쪽은 고요하다.

대체 어떻게 되어가고 있나 싶어 뚜껑을 열어보니 반들반들 윤이 나는 밥이 완성되어 있었다. 내가 물을 더 넣은 탓인지 약간 질어졌지만, 쌀알은 찌부러지지 않았다. 위아래를 뒤섞어 보니 밑바닥 쪽이 누르스름하긴 했으나 냄비벽에 들러붙은 건 전혀 없다. 이로써 대충 파악했으니 다음에는 물양을 매뉴얼대로 하고, 끓어오를 때까지 좀 더 천천히 익도록 불을 잘 조절하면 어떻게든 될 것 같다. 한데 그러려면 가스레인지 위에 얹어 쓰는 화력 조절용 철제 판이 있는 편이 좋을지도 모르겠다.

내버려둘 수 없으니 손이 꽤 많이 가지만 지금의 내가 평

소에 먹는 밥을 짓기에는 이 정도 크기의 냄비가 딱 좋다. 앞으로 또 즐거움이 늘어나겠구나 하며, 요 며칠 동안 맛있는 밥을 계속 먹고 있다.

2

만년필, 지우개

전통적인 필기구

나는 원고를 컴퓨터로 작성해서 이메일로 보내지만 손으로 글씨를 쓰는 것을 무척 좋아한다. 내가 일을 시작한 무렵에는 일반인이 사용할 수 있는 워드프로세서도 없어서 연필이나 만년필로 원고지에 직접 썼기 때문에 문장을 바꿔 넣을 상황이 생기면 정말 힘들었다. 시간이 있으면 글씨를 깨끗하게 쓰겠지만 대부분은 마감이 코앞에 닥칠 때까지 놀다가 엉덩이에 불이 붙어 허겁지겁 쓰는 일의 반복이었으니 거의 초고에 가까운 글을 편집자에게 건네는 경우도 많았다. 그런 원고를 건네받은 편집자도

　‘이 부분 앞으로 이동’

　　하는 식으로 자리 옮김 표시를 한 데다 원고지 위에 너저

분하게 그려 넣은 구불구불한 지정선을 따라가며 정리하기가 고역이었을 것이다. 그 뒤 워드프로세서가 보급되어 문장의 이동, 삽입, 삭제 등이 수월해졌고, 원고지에 쓸 때는 확인하기 어려웠던 총 매수를 쉽게 알 수 있다는 점도 도움이 되었다. 원고를 팩스로 보낼 수 있게 된 것 또한 획기적인 일이었다.

워드프로세서와 팩스만 해도 굉장하다며 놀랐는데, 설마 개인용 컴퓨터라는 게 세상에 등장해 원고를 쓴 뒤 간단한 조작을 하면 그대로 편집자에게 보낼 수 있는 날이 오리라고는 상상도 하지 못했다. 그렇게 몹시 편리해진 글쓰기 일상을 보내온 결과, 나의 손글씨는 해가 갈수록 볼품없어졌다.

원고지에 손으로 쓰면 처음에는 세로축의 중심을 잘 잡지 못해서 문자열이 비뚤어지고 글자 크기도 제각각이지만, 써나갈수록 점점 손에 익는지 크기도 가지런해지고 행이 비뚤어지는 일도 없이 스스로 꽤 괜찮게 썼다고 자부하는 글씨가 되었다. 쓰는 도중에 글씨 쓰기 훈련이 되었던 건지도 모른다.

지금도 원고를 쓸 때 손으로 쓰고 싶다는 생각이 문득 들지만 오른손으로 필기구를 쥐는 건 꽤나 힘든 일이다. 키보드는 두 손을 균등하게 쓰기 때문에 손글씨에 비하면 피로가 훨씬 덜하다. 그 편리함에 맛 들이면 어깨와 팔이 퉁퉁 붓는 손글씨로는 돌아갈 수 없다. 그렇지만 아무래도 역시 내 생활에서 손글씨 쓰는 작업을 없애고 싶지 않아서, 스케줄 관리나 메모는 컴퓨터가 아니라 전부 수첩에 손으로 쓴다.

내가 어릴 적에는 글씨를 쓰는 도구라 하면 연필, 펜과 잉크, 만년필 정도밖에 없었다. 초등학교에 들어갔을 때는 대체로 몸통이 동글동글한 글씨 연습용 연필을 썼다. 볼펜은 아직 보급되지 않아서 그로부터 3, 4년이 지나서야 문방구에서 살 수 있게 되었었는데, 나는 세 가지 색깔이 하나로 합쳐진 3색 볼펜을 동경했다. 당시 기차조지역 앞 시장에 해외 잡화를 파는 조그만 가게가 있었고, 거기서 부모님이 '영웅'이라는 중국제 만년필을 사주셔서 무척 기뻤던 기억이 있다. 하지만 연필에 익숙해져 있던 나는 만년필로 글씨를 쓰는 것이 조금 어려워서 책상 서랍에서 가끔 꺼내어 내 이름을 쓰는 정도로 만족하고는 했다.

초등학교 고학년이 되자 연필의 인기가 시들해져 멋진 필기구 하면 뭐니 뭐니 해도 샤프펜슬이었다. 그러나 학교에서는 가져오지 말라고 했다. 가장 먼저 사서 학교에 들고 온 남자애가 그걸 자랑했기 때문에 선생님이 금지한 것이다. 중학생이 되자 대놓고 샤프펜슬을 쓸 수 있게 되어서 그것만 썼다. 연필처럼 깎는 수고를 들이지 않아도 되는 점과 공책에 쓸 때 연필과는 달리 처음부터 끝까지 글씨의 굵기가 거의 변하지 않는 점도 좋았다. 3색 볼펜도 금지가 풀려서 내 공책에 이것저것 풀이를 써가며 공부한 듯한 기분을 만끽했다. 그 뒤로도 일상적으로 쓰는 건 샤프펜슬과 볼펜으로 바뀌어갔다.

　사회인이 되어 편하게 썼던 건 볼펜이었다. 이 제품 저 제품 써본 결과, BIC의 약간 두껍고 부드러운 필기감과 샛노란 몸통 디자인이 마음에 들어서 검은색, 빨간색, 파란색을 구비해 가지고 다녔다. 영세한 출판사에 취직해서 원고도 쓰게 된 뒤로는 국내외 회사의 만년필을 써봤다. 그러나 마감이 닥쳐오면 잉크를 보충하는 시간조차 아까워져 중간부터 연필로 바꿔 들고 썼다. 그때부터 원고를 쓰기 전에 연필을 몇 자루씩 깎아서 도중에 안 깎아도 되게끔 준비해두는 습관이 들었다. 그 후 키보드가 등장하자 원고를 쓸 때 필기구를 쥐는 일은 없어졌다.

최근 해양 플라스틱, 미세 플라스틱으로 인한 피해를 알고부터 우리 집에 있는 플라스틱 제품을 되도록 안 쓰려고 노력하고 있는데, 플라스틱투성이라 고민인 건 문구류도 마찬가지다. 원래 편지를 쓰거나 서류에 사인하거나 교정을 볼 때는 젤 볼펜을 썼다. 리필용 심을 팔아서 잉크를 다 쓰면 심을 사면 되는데, 오랫동안 쓰면 본체가 낡아서 아주 너절해진다. 그러면 또다시 새로운 것을 사게 되니 이걸 계속해도 괜찮을지 고민이었다. 그래서 지금 쓰는 것의 잉크가 다 닳으면 리필용 심을 더는 사지 말고, 연필로는 못 쓰는 계약서 등의 서류를 쓸 때는 만년필로 옮겨가려고 생각하고 있다. 하지만 복사지에 쓰는 서류도 여전히 많으니 그때는 볼펜을 쓰는 수밖에 없다.

　또 요즘 종이들은 잉크가 잘 먹게끔 만들어지지 않아서, 언제까지고 잉크가 종이에 스며들지 않거나 반대로 지나치게 스며들어 번져서 만년필로 편하게 쓸 수 있는 종이가 적어졌다. 특히 수첩은 그런 면이 두드러져서, 만년필로 쓰면 뒷면에 비치는 게 많아 디자인이 마음에 들어도 포기할 수밖에 없는 제품이 가득했다. 또 만년필을 쓰려면 압지가 필요한데 우리 동네 문방구에서는 팔지 않았다. 그 가게에는 병 잉크도 없으니까 압지를 안 파는 것도 당연했다. 외출한 김에 도심의 큰 문구점에서 사 왔는데, 옛날보다 만년필을 쓰는 사람이 적어졌으니 세상이 요구하는 종이의 질과 그에 따른 용품도 달라진 거겠지.

연필은 오래전부터 미쓰비시의 하이유니를 쓰고 있다. 유니라는 제품도 있지만 몸통 끝에 금색 테가 둘러쳐진 하이유니가 나한테는 필기감이 좋다. 심은 부드러운 것을 좋아해서 4B와 6B를 한 다스씩 사서 쓴다. 돌아가신 지 제법 된 현대미술가 겸 작가 아카세가와 겐페이 씨가 거의 다 써서 1센티 정도로 짧아진 연필을 버리지 않고 모아둔 사진을 보고 놀란 기억이 있는데, 나는 그렇게까지 하지 않는다. 연필 홀더를 이용해서 되도록 오래 쓰고는 있지만 그렇게나 짧아질 때까지 쓰진 못한다.

일상에서 연필을 쓰게 된 뒤로 깎을 것이 필요해졌다. 집에서는 커터 칼로 깎으니 상관없지만, 회의하러 간 자리에서 심이 부러지면 곤란하므로 달걀만 한 크기의 연필깎이를 가지고 다녔다. 저렴한데도 성능이 아주 좋아서 이 가격에 잘도 이런 물건을 만들었구나 하며 그 회사에 고마워했는데, 이것도 플라스틱이어서 칼날이 무뎌진 뒤로는 또 사지 않고 처분했고 지금은 커터 칼만 쓴다. 단, 커터 칼을 쓰면 연필이 지나치게 많이 깎여서 빨리 짧아지는 게 문제다. 하지만 짧아지면 이번에는 구쓰와라는 문구 회사에서 나오는 보조축이나 역시 문구 기업인 스테들러의 연필 홀더를 쓸 수 있으니 조금 즐겁기도 하다.

연필을 쓰면 세트로 지우개가 필요하다. 여태까지는 아무 생각 없이 쭉 같은 제품을 썼는데, 그것이 플라스틱 지우개이고 이 역시 작아져서 새것을 살 시기가 되었기에 전통적인 고무 지우개를 동네 문방구에서 찾아봤더니 플라스틱밖에 없었다. 어쩔 수 없이 인터넷에서 검색해보자 일본 제품은 한 개, 스페인 제품은 여러 개가 나왔다. 아무리 그래도 지우개 하나를 배송시킬 수는 없으니 원하는 사람이 있으면 주려고 세트로 파는 것을 샀다.

스페인 제품은 밀란이라는 회사 것인데, 타원형 또는 사각형에 일러스트가 그려져 있다. 어린이용일 수도 있다. 또 모서리가 둥그스름한 삼각형 지우개도 있었는데 그건 디자인이 심플했다. 일본 제품인 '시드 슈퍼 골드'는 공손하게 종이 상자에 담겨 금색 슬리브까지 딸려 있었다. 이렇게까지 과잉 포장을 하지 않아도 그냥 본체만으로도 좋을 텐데

싫었다. 그만큼 플라스틱 지우개의 비율이 늘고 고무 제품이 줄었다는 뜻이겠지. 고무 냄새는 일본 제품이 강했고 스페인 제품은 거의 없었다.

고무 지우개의 냄새를 맡아보고 만져보는 사이, 옛날에 라이온이라는 회사의 지우개를 썼던 것이 생각났다. 가장 오래된 기억 속에 있는 것은 수사자 마크가 그려진 네모지고 납작한 지우개고, 그 뒤 직사각형 제품이 나왔는데 비닐 포장지에 팥죽색 사자가 그려져 있었다. 또 끝이 비스듬하게 잘린 길쭉한 제품도 있었는데 한쪽은 평범한 지우개, 반대쪽은 모래 지우개였다. 공책에 쓴 글씨를 모래 쪽으로 지워버려서 몇 번이나 종이에 구멍이 뚫렸었다. 원고용 소재를 모아두는 공책에도 연필로 쓰기 때문에 지우개를 자주 꺼내게 된다. 그나저나 플라스틱 지우개에 비하면 고무 제품이 천천히 닳는 느낌인데, 실제로는 어떨까.

만년필은 지금 편지를 쓸 때 아주 잘 사용하고 있다. 편지라면 원고를 쓸 때처럼 잉크가 줄어드는 것을 신경 쓰지 않아도 되니 마음이 편하다. 어르신께 보낼 때 쓰는 선만 그어진 단순한 것이나 제철 꽃들이 그려진 것, 또 친구에게 보내는 일러스트가 들어간 것 등 편지지와 편지봉투 세트를 열

종류쯤 항상 구비해두고 있다. 그런데 이제는 손글씨를 영 못 쓰게 되어 만년필로 쓸 때마다

"엉망이네."

하고 중얼거린다. 편지지 두 장째쯤 되면 손에 익어서 들쑥날쑥했던 글씨가 가지런해지지만 대체로 첫 장의 글씨는 심각하다. 상대방에게 면목 없다고 생각하면서도 그대로 우체통에 넣어버린다. 그야말로 '난필난문이라 실례했습니다'다. 젊었을 때는

'이런 형식적인 문장 따위 필요 없어.'

하고 생각했지만 요즘은 뼈에 사무치게 되었다.

지금 가지고 있는 만년필로 편지지 디자인에 따라 세로쓰기 또는 가로쓰기로 써보면, 어디까지나 내 느낌이지만 세로쓰기에는 일본 제품인 파일럿과 플래티넘, 가로쓰기에는 내가 좋아하는 펠리칸이 쓰기 편하다. 외국 제품도 펜 끝이 조정되어 있는지 모르겠지만 그 나라의 필기 문화를 나타내는 것일 수도 있다. 잉크는 컨버터로 넣고, 편지용 만년필에는 파일럿의 이로시즈쿠 시리즈 중 '닭의장풀'을 쓰고 있다. 이 시리즈에는 스물네 가지 색상이 있는데 '나팔꽃' '달밤' '심해' '심록' '뱀밥' '수국' '동장군'과 같은 동양적

인 이름이 각각 붙어 있으며, 자신이 좋아하는 색깔의 잉크로 쓸 수 있다. 파일럿사의 홈페이지에서 이로시즈쿠 견본집을 구경하기만 해도 즐겁다.

예전에는 잉크를 넣는 게 살짝 귀찮았지만 요즘은 컨버터로 넣는 것도 못 견디게 즐겁다. 잉크병을 보고 이만큼이나 줄었구나 하며 기뻐한다. 그 외에 밝은 파란색 계열의 '감벽紺碧'과 교정지에 쓸 붉은색 '단풍'도 대기하고 있지만 아직 꺼낼 기회가 없었다. 연필로 글씨를 쓰고, 틀리면 지우개로 지운다. 만년필에 좋아하는 색깔의 잉크를 넣어서 쓴다. 그런 좀 귀찮은 일이 아주 즐거워졌다. 젊은 사람에 비해 남은 시간은 명백히 적은데도 시간이 걸리는 일들이 즐거워지다니, 신기한 일이라며 스스로 고개를 갸웃거리고 있다.

3

다카시마치지미
파자마, 삼베 시트

시원함을 찾아서

마흔이 넘은 무렵부터 주위에서 잠을 못 잔다, 숙면을 못한다는 이야기가 자주 들린다. 나도 "어떠세요?"라는 질문을 종종 받았지만, 침대에 누우면 곧바로 잘 수 있는 체질인지 다행히도 수면이 부족하다거나 잠이 잘 안 온다고 느낀 적은 한 번도 없었다. 그와 동시에 편집자 중에는 수면유도제를 먹는 사람이 많다는 것도 알았다. 내내 머리를 쓰니까 뇌가 긴장한 채로 있어서 못 자나 싶기도 했고,

'난 원고는 쓰지만 뇌를 그리 많이 쓰지 않으니 잠을 잘 자는 건지도 몰라'라고 생각하기도 했다. 여하튼 수면에 문제가 없는 건 감사한 일이었다.

그런데 고양이를 거두어 기르게 된 뒤로는 나의 편안하

게 잠드는 패턴이 깨졌다. 고양이는 제 사정이나 기분에 따라 한밤중에 몇 번이고 나를 깨우러 온다. 그것이 스무 해 동안 이어지고 있어서 만성 수면 부족과 같은 상태가 되었다. 고양이의 행동은 어쩔 수 없다며 포기하고 낮잠을 자거나, 수면 부족이 이어지면 저절로 잠이 깊게 들어 짧은 시간 안에도 깨어날 수 있게 되었으니, 몸도 이런저런 대응을 하는 모양이다. 그렇다 해도 수면은 무척 중요하기 때문에 되도록 쾌적하게 자고 싶어서 이모저모 궁리해왔다.

먼저 개선이 필요하다고 생각한 물품은 초여름부터 꺼내어 여름 내내 쓰는 파자마와 침구류다. 나는 오랫동안 지극히 일반적인 평직 면으로 된 긴 소매에 긴 바지 파자마를 입고 잤다. 차렵이불의 커버와 시트도 평직 면이었다. 하지만 그걸로는 땀을 흘리면 파자마가 언제까지고 젖어 있어서, 옷이 차가워져 자칫하면 감기에 걸릴 지경이라서 밤중에 고양이 때문에 깬 김에 옷을 갈아입기도 했다. 이 계절에는 평직 면이 안 맞나 해서 이중 거즈로 된 파자마로 바꿔봤다. 이중 거즈는 감촉이 부드러워서 나름대로 쾌적했지만, 에어컨을 끄고 자는 나는 평직 면과 마찬가지로 땀을 흘리면 오래도록 끈적하게 달라붙는 게 신경 쓰였다.

그다음에 문제라고 느낀 건 차렵이불 커버다. 다리에 쥐가 날 것 같아서 잠이 깨어, 놀라서 자세히 보면 땀을 흘려 뻑뻑해진 커버가 다리에 휘감겨 정강이를 조이고 있었던 적이 몇 번이나 된다. 어째서 이런 상태가 되냐면 천이 피부에서 잘 안 떨어지기 때문이다. 그래서 땀을 흘리면 찰싹 달라붙는다. 뭔가 좋은 방법이 없을까 궁리 끝에 땀이 나는 계절의 침구를 삼베로 바꿔봤다.

베개 커버는 어느 온라인 쇼핑몰에서 발견한 삼베 타월. 타월이라 해도 표면이 수건처럼 루프 형태로 짜여 있는 게 아니라 그냥 커다란 삼베 천이다. 차렵이불 커버와 침대용 플랫 시트는 무인양품의 삼베 커버로 바꿔서 한번 써봤더니 너무나도 쾌적해서 기분이 좋아졌다. 파자마도 삼베로 바꾸면 더 쾌적할 듯했지만, 유감스럽게도 나는 옷 종류는 삼베가 안 맞는 체질이라 삼베 파자마로는 바꿀 수 없다. 하지만 평직 면과 이중 거즈로 돌아갈 수 없으니 또다시

"으음."

하며 끙끙거렸다.

깊이 잠들지 못한다던 사람들에게

"무슨 잠옷 입어요?"

하고 물어봤더니 의외로 잠옷을 입고 자는 경우가 적었다. 집에 가면 실내복 겸 잠옷으로 갈아입고 그 차림 그대로 잔다고 한다. 여자는 티셔츠 소재의 긴 원피스, 혹은 티셔츠와 그와 같은 소재의 통 넓은 바지, 탱크톱과 쇼트 팬츠 등 동네에서 입기에는 조금 낡은 옷을 실내복 겸 잠옷으로 삼는다고 했다. 남자라면 티셔츠와 같은 소재의 반바지, 또는 상반신은 벌거벗고 하반신은 트렁크스만 입고 잔다니, 내 개인적인 조사 결과로는 잘 때 파자마를 입는 사람이 남녀 통틀어 열한 명 중 세 명 정도였다.

"왜 파자마를 안 입어?"

하고 물어보자,

"파자마는 남들이 보지 않는 밤에만 입는데도 가격이 비싸. 굳이 따로 사지 않아도 버리기 전의 실내복으로 충분해"라고 말하는 사람이 많았다. 확실히 파자마는 비교적 비싼 느낌이 들 수도 있다.

세대 차이인지도 모르겠지만, 옛날에는 외출복, 실내복, 잠옷을 명확하게 구분해서 입는 것이 당연했기 때문에 사람들이 대부분 밤에는 반드시 잠옷으로 갈아입었다. 그런데 지금은 그게 실내복 겸 잠옷으로 간소화된 것 같다. 하지만 잠옷으로 갈아입는 행위는 '잠을 잔다'는 스위치를 켜는 계기가 된다고 들은 적도 있으니, 귀찮기도 하고 돈도 들지만 파자마를 사서 갈아입는 편이 수면에는 도움이 되는 듯하다.

다시 내 파자마 문제 말인데, 삼베 파자마는 쾌적할 것 같지만 나한테는 안 맞으니 그 결과 생각해낸 것이 어릴 적 동네 할아버지, 할머니 들이 여름이 되면 입었던 면 '지지미'다. 지지미란 표면에 자잘한 주름이 있는 직물인데, 할아버지들은 브이넥 반소매 지지미 셔츠를 내의로 입었고 여름이 되면 그것만 걸친 채로 집 주위를 돌아다녔다. 상반신은 대체로 그 차림이고 히반신은 남들이 볼 때는 일반 바지, 다른 사람의 눈을 신경 쓰지 않고 쾌적함을 추구하는 타입이라면 지지미 잠방이였다. 할머니들은 유카타*를 리폼한 여름용 원피스나 지지미로 만든 랩스타일 원피스를 입고 있었다. 당시에는 바지를 입은 할머니가 한 명도 없었다.

그 기억을 떠올리고 지금도 지지미 소재의 옷이 있나 검

---

* 집 안에서 또는 여름철에 산책할 때 주로 입는 일본의 전통 의상.

색해봤더니 다카시마치지미*라는 것이 있었다. 옳다구나 하고 우선 시험 삼아 인터넷 쇼핑에서 딱 한 종류 구할 수 있었던, 7부 소매에 보트넥인 풀오버 타입 상의와 7부 바지 세트를 사봤다. 재고 처리였는지 염가였지만 디자인은 회색 바탕에 커다란 땡땡이 무늬인 젊은이용이었다. 그래도 시험 삼아 입어보기에는 그걸로 충분했고, 도착한 파자마는 천이 부드러워서 촉감이 매우 좋았다. 남은 건 잘 때의 땀 문제인데, 과연 어떨까 기대에 부풀어 자봤더니 그 쾌적함에 깜짝 놀랐다. 분명 땀을 흘렸고 파자마도 젖어 있었지만 피부에 전혀 달라붙지 않았다. 습기가 차는 느낌이 전혀 없었다.

이거 물건이구나 기뻐하며 백화점에 가봤다. 한데 나도 그 나이에 가까워지고는 있지만, 너무나도 할아버지 할머니가 입을 법한 파란색, 분홍색 파자마밖에 없어서 아무것도 사지 않고 그냥 돌아왔다. 그리고 얼마 뒤 인터넷으로 검색해보니 속옷 브랜드 와코루와 교토의 전통 옷 브랜드 소

---

* 일본 시가현 다카시마시에서 생산하는 전통 지지미.

우소우가 함께 만든 다카시마치지미 파자마가 몇 벌 눈에 띄었다. 소우소우답게 선명한 색상에 무늬가 큼직큼직했다. 상의는 옷깃 없는 5부 소매였고 바지는 7부. 가게마다 재고가 한 벌씩밖에 없어서 여기저기서 그러모아 세 벌을 확보했다.

그 옷들은 4월 말부터 9월 초 늦여름까지 내게서 떼어놓을 수 없는 물품이 되었다. 가격이 싸지는 않았지만 바느질이 꼼꼼해서, 초여름부터 시작해 더운 계절 동안만이긴 하지만 8년 넘게 계속 입으면서 매일 세탁하는데도 어디에도 문제가 없다. 여하튼 습기에 약한 내가 이렇게 쾌적하게 입을 수 있는 파자마는 이제까지 없었다. 천의 표면이 평평하지 않고 주름이 있는 것만으로 땀을 흘렸을 때의 쾌적함이 이렇게 다르다니 하며 조상들의 지혜에 감탄했다.

내 몸으로 인체 실험을 해본 결과, 이건 추천할 수 있다고 판단했다. 작년에 젊은 편집자 두 사람과 잡담을 나눌 때 그들은 "습도가 높아지거나 더워지면 잠을 잘 못 자요" "땀이 나서 잠자기 불편해요"라고 했다. 둘 다 지극히 일반적인 평직 면 파자마를 입으며 평직 면 시트를 쓰고 있었다. 그래서 나는 기다렸다는 듯이 "습기 많은 계절에 쓰는 커버와 시트는 삼베가 좋아요. 값비싼 제품이 더 보드라울 수도 있지만, 그게 아니라도 처음에는 무인양품 제품으로 충분하죠. 그걸 써보고 더 좋은 제품을 원하면 비싼 걸 사면 돼요. 나는 삼베 파자마를 못 입으니까 비교할 수 없어서 미안하지만, 가장 추천하는 건 다카시마치지미 파자마랍니다. 이걸 땀 나는 계절에 입고 잤더니 다른 파자마는 못 입게 됐다니까요." 하고 추천했다. 그러자 두 사람은 입을 모아

"당장 사러 갈래요."

하며 집에 가는 길에 백화점에 들러 파자마를 사겠다고 했다.

집으로 돌아온 나는 자신 있게 추천하긴 했지만, 사람의 느낌은 저마다 다르니 만약 그들에게 다카시마치지미 파자마가 안 맞으면 어떡하나, 쓸데없이 돈을 쓰게 만들었다면 파자마값을 물어줘야지 생각했다. 그런데 그 뒤 파자마를 산 두 사람이

"이제까지 입었던 것과 완전히 달라요. 땀을 흘렸는데도 파자마가 바슬바슬해서 놀랐어요"라기에 마음이 놓였다. 그리고 그중 한 사람은 삼베 시트까지 사서

"정말 쾌적해졌어요."

하며 기뻐했다. 나보다 나이가 좀 더 많은 어느 여자분도 잠을 잘 못 이룬다기에 다카시마치지미 파자마를 권했더니 숙면할 수 있게 되었다며 출장용으로 더 사뒀다고 했다.

본인에게 아무리 쾌적해도 추천받은 상대가 그렇게 느끼지 않으면 의미가 없다. 습기나 더위 때문에 잠을 잘 못 잔다고 호소하는 사람에게(이렇게 말해도 전부 여자지만), 나는 그것 하나밖에 모르는 양 "삼베 시트에 다카시마치지미 파자마"라고 계속 말하고 있다. 다행히 추천해줬던 사람들 모두 좋았다고 했다. 내 담당 편집자들은 다들 몹시 솔직해서, 좋을 때도 그렇지 않을 때도 분명하게 말해주므로 사교성 멘트는 아닐 것이다. 습도가 높아서 잠들기 힘든 계절에 삼베 시트와 다카시마치지미 파자마 세트는 정말로 추천하고픈 물품이다. 지금은 와코루의 수면과학이라는 브랜드에서도 다카시마치지미 파자마를 만드는 것 같다.

그 외의 계절에 입는 건 친구가 선물해준 민톤MINTON의 니트 평직 파자마인데, 상의는 무늬가 있고 옷깃은 없는 긴소매, 하의는 민무늬다. 감촉이 아주 좋고 자주 세탁해도 후줄근해지지 않아서 무늬가 다른 것을 더 사뒀다. 한겨울에는 옷깃이 달린 플란넬 파자마. 요컨대 얇은 다카시마치지미, 보통 두께의 면, 두꺼운 플란넬, 이렇게 세 종류의 파자마를 계절과 기온별로 나눠서 입는다.

또 침구도 삼베를 쓰지 않는 봄과 가을에는 면 평직 제품을 사용하고, 겨울에 추위가 매서울 것 같은 밤에는 시트 위에 모포를 깐다. 한여름에는 하트 주식회사의 유기농 4중 거즈 싱글 사이즈 이불, 그 외의 계절에는 얇은 것과 약간 도톰한 것(두 장이 똑딱단추로 합체할 수 있게 구성됐다), 그리고 두꺼운 것까지 총 세 장의 깃털이불을 쓴다. 거즈 이불만으로는 조금 쌀쌀하게 느껴지면 얇은 차렵이불에 삼베 커버를 씌운다. 자는 동안 몸이 차가워지면 아침에 일어났을 때 피로가 가시지 않은 느낌이 들기 때문에, 자기 전에 일기예보로 밤부터 아침까지의 기온을 확인하고 그에 맞춰 침구를 구성한다.

베개는 어느 브랜드 제품인지 까먹었지만, 얇은 것 두 개를 겹쳐서 통기성이 좋아진다는 메시형 베개 커버를 씌우고 그 위에 삼베 타월을 감아 일 년 내내 쓰고 있다. 가장 큰 문제라면 삼베 타월은 아무래도 주름이 잘 가는데, 그 위에 얼굴을 대면 아침에 일어났을 때 자국이 선명하게 남는다는 것이다. 또 이 나이가 되니 피부의 복원력이 떨어져 자국이 금방 사라지지 않는다는 문제도 있어서 그 부분에 신경을 써야 한다. 외출할 일이 없으면 나는 어머, 큰일이네, 생각하면서도 그냥 내버려둔다.

자는 시간은 꽤 긴데도 수면에 신경을 쓰지 않는 사람이 많다. 자는 동안에는 스스로 아무것도 할 수 없으니 자기 전에 제대로 준비를 해두고 싶다. 환절기에는 컨디션이 망가지는 사람이 많은데, 낮 동안의 옷차림뿐만 아니라 잘 때 입는 옷에도 주의를 기울이면 좋지 않을까 한다.

4

신문지 쓰레기봉투

플라스틱을 끊고 싶다

올해 8월에 지인이 매년 가는 하와이 여행을 떠났는데, 그가 일본으로 돌아온 후 이야기를 들었다. 쇼핑센터에 갔더니 모든 가게에서 상품을 샀을 때 그것을 넣어주는 봉투, 즉 쇼핑백에 구매품을 담아주지 않더라고 한다.

"다들 에코백을 들고 오라는 건가?"

"고급 브랜드점조차 그러더라. 쇼핑센터에 있는 가게는 전부 그랬어."

그 사실을 모르고 가면 구매한 물건을 꺼안고 쇼핑센터 안을 돌아다니거나 쇼핑백을 사야 한다. 고급 브랜드의 쇼핑백이라면 슈퍼마켓 비닐봉지처럼 한 장에 2엔, 3엔 할 수는 없겠지. 나도 예전에 모 브랜드에서 스카프를 샀을 때 아무 말 하지 않아도 점원이 쇼핑백에 넣어줬는데, 그 봉투의 종이가 아주 두껍고 튼튼한 데다 몇 년이나 변색되지 않아서 쇼핑백조차 이렇게 다르구나 하며 놀랐더랬다.

"그런 고급 브랜드에서 물건을 사는 사람은 쇼핑백 가격이 예컨대 3천 엔이라도 아무렇지 않을지도 모르지."

"우리는 그런 가게에서 옷을 사지도 않지만, 봉투 한 장에 3천 엔은 못 내겠는걸."

나는 스카프 한 장도 겨우 샀으니 쇼핑백이 가령 천 엔이라고 한다면 조금 망설일 것이다. 그때의 코디 따위 무시하고, 천 엔이 아까워서

"봉투는 필요 없어요. 두르고 갈게요"라고 말해버릴지도 모른다. 고급 브랜드를 이용하는 사람에게는 이제부터 상품 구매 대금 말고도 나름의 쇼핑백 값이 따라붙는다는 뜻이었다.

"그런데 에코백을 들고 가서 고급 브랜드의 옷을 거기에 담아가면 가게 사람들은 어떻게 생각할까?"

"그건 가게 입장에서도 안 좋은 인상을 주니까, 내 생각엔 상품이랑 쇼핑백이 한 세트가 되어 있을 것 같아."

친구에게 하와이에 머무를 때 고급 브랜드의 쇼핑백을

들고 있는 사람을 봤냐고 물어봤더니 고개를 좌우로 흔들었다. 상황이 그렇게 되었다는 것을 몰랐던 사람들이, 구매한 티셔츠나 잡화 같은 걸 가슴에 껴안고 걸어 다니고 있었다 한다. 환경을 위해서라면 구매한 물건을 가슴에 껴안고 돌아다녀도 좋다는 사람이 있을 수도 있지만 소매치기로 오해받을 가능성도 있다. 그러니 이제부터는 다들 세계적인 관광지에 에코백을 들고 가거나 쇼핑백을 사는 수밖에 없다.

"일본도 머지않아 그렇게 될 거야."

친구는 고개를 끄덕였다.

옛날과는 사고방식이 상당히 달라졌다. 당시에 아무런 생각이 없었으니 이제 와서 환경오염이 일어난 거겠지. 유명한 가게에서 뭔가를 살 때면 그 가게의 종이봉투를 들고 걷는 게 조금 자랑스럽기도 했다. 나도 젊은 시절에는 그런 마음이 들었다. 지금 생각해보면 왜 그런 느낌이 들었는지 나조차도 이해하기 어렵다. 유서 깊은 과자가게의 종이봉투, 고급 화장품 가게의 종이봉투, 인기 있는 패션 브랜드의 종이봉투를 들고 있으면

'어머, 저 사람은 저 가게에서 물건을 샀네.'

하는 남들의 눈을 의식했다. 또 가게 측도 사람들이 자기네 종이봉투를 들고 걸어 다니면 홍보가 된다고 생각했을 게 틀림없다.

요즘은 에코백을 들고 다녀야 한다거나 포장을 간소화해야 한다는 의식이 사람들 사이에서 높아져서, 물건을 살 때

"그냥 주세요"라고 말하기 쉬워졌다. 한번은 백화점에서 부엌칼을 사며

"포장은 간단하게 해주셔도 돼요"라고 말했다. 그러자 점원은 정색하고 내 얼굴을 물끄러미 바라보더니

"이런 건 제대로 포장해야죠."

하며 부엌칼을 상자에 넣고 테이프를 붙인 다음 포장지로 정성껏 싸서 다시 테이프를 단단히 붙인 뒤, 그것을 봉투 모양 쇼핑백에 넣어서 또다시 테이프를 붙이고 건네줬다. 혹여나 이 사람이 어딘가에서 부엌칼을 휘두르려 해도 간단히는 꺼내지 못하도록 한 거겠지. 방범의 측면에서는 올바른 대응일 수도 있지만, 집으로 돌아와 부엌칼을 몇 겹이나 감싼 종이들을 보니 아까워서 마음이 아팠다. 그 포장재들을 버리는 것도 귀찮았다.

고령자 가운데는 포장이 간소하면 성의가 없어서 가게

측이 돈을 낸 손님인 자신을 대접하는 데 정성이 부족하다고 느끼는 사람이 있다. 인터넷 쇼핑 이용자의 코멘트란에도 간소한 포장에 대해 불평하는 건 대체로 나이 많은 사람들이다. 몇 겹씩 포장하는 게 상대에 대한 예의라는 사고방식이 아직 남아 있는 거겠지. 일본에는 가케가미*라는 문화가 있으니 그런 건 환경보호와는 별개로 앞으로도 유지되었으면 하지만, 일상생활은 쓸데없는 것을 줄이는 방향으로 향하고 있다. 하지만 사람의 생각은 저마다 다르다.

나는 평소 마트에 물건을 사러 갈 때는 몇 년째 사용하고 있는 모테루MOTTERU의 군복 색깔에 기린 무늬가 들어간 비닐봉지 모양 에코백이나 도쿄 어린이 도서관에서 파는 공룡 무늬 면 가방을 쓰지만, 바깥에서 살 것이 생각났는데 에코백을 깜빡하고 안 가져왔을 때는 비닐봉지에 담아달라고 하는 때도 있다. 봉짓값 2엔은 당연히 부담하지만 몹시 나쁜 짓을 한 듯한 기분이 든다.

요전에 한 잡지에서 미세 플라스틱으로 인한 해양 오염

---

* 선물 포장의 윗면 혹은 앞면에 덧대는 종이. 선물을 보내는 이유와 보내는 사람의 이름 등을 쓴다.

관련 글을 읽고, 나 스스로는 그럭저럭 재활용에 신경 쓰며 생활하고 있다고 생각했지만 실제로는 이렇다 할 노력을 전혀 하지 않았다는 것을 알았다. 바다의 플라스틱 쓰레기로 이어지는 용기와 비닐봉지, 쓰레기봉지, 페트병, 스티로폼 등은 의식하고 있었지만, 의류나 화장품까지는 생각이 미치지 않았다. 예컨대 화학섬유 의류는 세탁할 때 섬유 부스러기가 하수로 흘러들어 최종적으로는 바다로 간다. 거기까지 깨닫지 못했던 것이다.

화장품과 치약에 들어 있는 마이크로비즈* 문제도 있다. 스크럽이나 치약에 들어 있는 것은 그나마 이해가 가지만, 찾아봤더니 클렌징, 팩, 블러셔, 립스틱, 마스카라, 아이라이너 등 대부분 화장품에 쓰이고 있었다. 반짝이는 가루가 들어간 화장품도 그럴 가능성이 있다. 그것들을 얼굴에 바르면 씻는 즉시 흘러내려 최종적으로는 바다로 섞여 들어간다. 나는 스크럽이나 치약에 연마제가 들어 있는 제품은 쓰지 않았고, 다행히 내가 사용하는 화장품에도 마이크로비

---

* 세정, 연마, 박리의 용도로 화장품, 치약, 세안제 등에 사용하는 지름 5mm 이하의 고체 플라스틱.

이걸로 살아요

즈가 안 들어 있었다.

하지만 그걸로 살짝 안심한 직후에 나를 흠칫하게 만든 건 멜라민 스펀지였다. 청소할 때 멜라민 스펀지를 편리하게 써온 나는 얼룩이 지워진 뒤에 어떻게 될지를 전혀 생각하지 않았던 것이다. 멜라민 스펀지는 지우개처럼 얼룩을 지우는 것과 동시에 본체가 깎여 나간다. 당연히 물로 씻어 내는데, 그 미세 플라스틱은 마지막에 바다로 다다른다. 거기까지 전혀 생각하지 못했다.

이 사실을 안 뒤로 나는 멜라민 스펀지 사용을 중단했다. 그건 가게에서 포장지를 봤더니 '독일산 신소재'라고 쓰여 있어서 산 것이었다. 독일은 친환경 선진국이고 나는 독일 제라면 신뢰하고 있어서 그 이후로 계속 써왔다. 그것이 미세 플라스틱 피해의 원인이 된다니. 독일에서 만들어졌으니 본국에서는 어떻게 쓰이는지 찾아봤다. 인터넷 검색 결과이긴 한데, 있긴 있지만 일본처럼 어디서나 구매 가능한 상품은 아닌 듯했다.

미세 플라스틱이 어째서 안 좋은가 하면, 바닷속 오염물질을 흡착해서 그것을 플랑크톤이 먹고, 그것을 물고기가 먹고, 그것을 인간이 먹는 상황이 되어 결국 우리가 오염물질을 먹는 것으로 이어지기 때문이다. 플라스틱으로 인한 바닷속 생물들의 비참한 상황을 안 이상 가슴이 아파서 어떻게든 해야겠다고 생각했지만, 그렇게 말하는 내가 플라스틱을 내려놓지 못하니 이것이 문제였다. 문득 책상 위를 둘러보자 클리어 파일, 클립 케이스, 펜대, 그리고 지우개까지.

　부엌에도 여기저기에 플라스틱이 있다. 되도록 오래 쓸 수 있는 것을 사려 했으니 반찬통 본체는 법랑이나 스테인리스지만 뚜껑이 플라스틱인 경우도 있다. 탁상용 정수기도 그렇고, 싱크대에는 백엔숍에서 산 배수구 거름망도. 거기에는 스타킹 타입의 그물까지 씌워놓았다. 몇 년 전까지만 해도 스테인리스 거름망을 썼는데, 일일이 씻는 게 귀찮아서 플라스틱 거름망을 그때그때 교체해가며 사용하고 있었다. 이런 생활을 하면서 재활용에 신경을 쓴다고 생각했던 나 자신이 너무 부끄럽다. 즉시 구리로 된 얇은 거름망으로 바꿨고, 그물도 씌우지 않고 부지런히 씻기로 했다.

　미세 플라스틱에 관해 알려준 잡지에 모든 의식주에서 플라스틱 제품을 배제하기 위해 노력한 과정을 쓴 책, 비 존슨의 『나는 쓰레기 없이 살기로 했다』(박미영 옮김, 청림Life)가 소개되어 있어서 읽어봤더니 4인 가족인 저자의 집에서는 1년 동안 나오는 쓰레기가 1리터가 안 된다고 한다. 음식물 쓰레기를 비료로 쓰는 부분도 컸겠지만 어쨌거나 그 적은 양에 깜짝 놀랐다. 나 같은 사람은 혼자 사는데도, 가진 물건을 나날이 줄이고 있기 때문이기도 하지만 일주일에 두 번인 태우는 쓰레기 버리는 날이면 30리터 또는 45리터 쓰레기봉지를 한 개씩 내놓는 실정이다.

유튜브에서 저자가 식재료를 사는 동영상을 봤는데, 빵을 살 때는 깨끗한 베개 커버나 직접 만든 천 봉투를 들고 가서 거기에 넣어 달라고 한다. 신선식품도 들고 간 유리병 등에 넣어 바코드가 인쇄된 가격표를 붙여 달라고 하면 계산도 문제없다. 또 책 속에서는 코코아 파우더 등으로 아이 메이크업 용품을 만드는 철두철미함을 보였다. 그렇게까지 하느냐는 말이 나올 뻔했지만 그만큼 주위에 플라스틱 제품이 넘쳐나고 있다는 증거다.

호주에서는 종이통에 든 립스틱도 있고, 캔에 든 비비크림을 다 쓰고 가게에 가져가면 거기다 새 크림을 넣어주는 등 철저하게 하는 모양이다. 일본도 그렇게 되면 좋겠지만 호주보다 습도가 높은 것 같으니 위생 면에서 문제가 생길지도 모른다. 또 용기가 근사해서 화장품을 사는 사람이 많은 것도 사실이다. 그렇다고 아무것도 안 하는 게 아니라, 무리하지 않는 선에서 할 수 있는 일은 하는 편이 좋다고 생각했다.

누가 쓰레기를 적게 만드나 겨룰 마음은 없지만, 환경을 생각하면 플라스틱 피해는 조금이라도 줄이고 싶고 쓰레기도 감량하고 싶다. 하지만 마트에 가면 식품은 꼭 플라스틱이나 비닐로 몇 겹씩 포장되어 있다. 내가 어릴 적에는 무게를 달아 파는 간장을 사러 갈색 병을 들고 동네 가게에 가거나 두붓집에 두부를 사러 통을 가지고 갔던 것이 생각났다. 이렇게 대면해서 살 수 있는 가게라면 포장을 줄일 수 있지만 지금은 그런 곳이 드물어졌다.

내가 실행해봤는데 얼마나 효과가 있는지는 모르겠지만, 기온이 높은 계절에 음식물 쓰레기를 쓰레기봉지에 넣을 때 냄새가 새어 나오지 않게 비닐봉지에 넣어 버리던 것도 그만뒀다. 그 대신 가판대에서 신문을 사서 읽은 다음에는 종이로 작은 쓰레기봉투를 만들어서 그것을 지자체가 지정한 쓰레기봉지에 넣는다. 예전에도 만들던 시기가 있었는데 귀찮아져서 어느 틈에 안 하고 있었다. 하지만 지금 상황을 보아하니 그런 말을 하고 있을 수 없어졌다. 조금이라도 도움이 되었으면 하는 마음으로 저녁 식사 후에 다시 조금씩 종이접기 놀이처럼 신문지를 접고 있는 요즘이다.

5

하이네리, 청소 솔

끈덕진 때 제거하기

한 해의 마지막이 점점 다가오면 내 머릿속에 먼저 떠오르는 건 대청소다.* 매일 꼼꼼하게 청소하는 사람은

"연말 대청소는 딱히 안 해. 평소에 부지런히 청소해두면 대청소는 필요 없는걸"이라고 말한다. 분명 맞는 말이다. 그러나 귀찮아서 매일 청소를 게을리하는 청소 기피자인 나로서는 이 시기가 되면

'이런, 대청소해야 하는데.'

하며 초조해진다.

* 일본에는 연말에 대청소를 하는 풍습이 있다.

그런 나라도 집 안의 모든 청소를 게을리하는 것은 아니다. 물 쓰는 곳은 부지런히 청소하므로 욕실, 세면대, 부엌은 그럭저럭 청결하다고 할 수 있는 상태를 유지 중이다. 하지만 베란다 쪽 유리창, 창문, 그리고 평소에는 눈길이 가지 않는 높은 곳으로 시선을 돌리면

  "이런 데가 더러워져 있구나."

  하고 움찔한다. 그것도 작업 마감이 있는 때일수록 눈에 들어온다. 신경은 쓰이지만 써야 하는 원고가 있으니 그 일을 하다 보면 더러운 건 훌렁 까먹는다. 어떻게든 다 써서 원고를 보내고 한숨 돌리면 지쳐서 청소할 기력이 없다. 그리고 늘어져 있는 사이에 다음 마감이 닥쳐와, 일을 하고 또다시 늘어져 있는 것을 반복하다 보면 더러움 따위는 아무래도 좋아져서 그대로 방치하고 만다.

  더러운 건 곧바로 닦으면 청소가 쉽지만 시간이 지나면 그리 간단하게 닦이지 않는다. 이건 집안일 프로들이 자주 하는 말이며 강한 세제를 써야만 닦이기도 한다. 그걸 피하려면 부지런히 청소해야 하는데도 그게 안 된다. 알고는 있지만 못 하는 이 성격을 어떻게 해야 한다고 생각하면서 환갑이 지나버린 형편이다.

나한테도 이렇게 되면 좋겠다 싶은 집의 모습이 있다. 부엌 싱크대는 반짝반짝, 조리대는 새하얗게, 가스레인지도 쩌든 때가 없는 상태. 가스레인지는 고장 난 것을 집주인이 바꿔줘서 아직 깨끗하고, 매일 요리한 뒤에 닦으니 쩌든 때는 없다. 하지만 싱크대와 조리대는 지은 지 30년 된 맨션* 살림인지라 완전히 반짝반짝해지지는 않는다. 특히 조리대는 어찌 된 영문인지 이음매가 한가운데에 있다. 입주 때 거기에 은색 테이프가 붙어 있는 것을 보고,

'이게 뭐지?'

하며 보기 흉해서 떼어냈더니 거기에 이음매 홈이 있었다. 이런 설계 방식이라니 어처구니가 없네, 하고 기가 막혀 하면서도 25년도 넘게 그런 부엌을 쓰고 있다. 아무리 문질러봤자 새하얘지지는 않는 것도 세월의 흔적이니 어쩔 수 없다고 포기했다.

평소에는 털을 흩날리고 배변용 모래를 여기저기 뿌려대는 고양이도 있으니 매일 아침 바닥을 대강 청소한다. 화장

* 일본에서 맨션은 비교적 대규모의 공동주택을 일컬으며 한국의 아파트와 유사하다.

실도 쓴 뒤에 청소하고 세면대와 욕실도 마찬가지다. 그걸로 모든 청소를 끝냈다고 생각하지만, 창문은 닦지 않는 이상 깨끗해지지 않고 부엌 싱크대도 더럽지는 않으나 반짝반짝 빛나지 않아 어쩐지 칙칙하다. 이런 부분에 눈을 감고 있는 것이다.

매일 아침 식사 후에 그런 '대강 청소'를 끝내놓고 일을 시작하지만, 요즘은 집중력이 오래 가지 않아서 금세 질린다. 질리면 책과 잡지를 읽거나 인터넷의 고양이 사진을 보거나 뜨개를 하거나 청소를 한다. 청소하는 곳은 언제나 부엌 벽이다. 벽 한쪽 면에는 옅은 핑크 베이지색의 가로세로 15센티짜리 타일이 붙어 있는데, 언뜻 보기에는 더럽지 않은 것 같지만 자세히 살펴보면 희미하게 때가 껴 있다. 이게 신경이 쓰인다. 다 해서 136장 있는데, 그중 눈에 들어온 타일을 뜨거운 물에 적신 자투리 천으로 닦으면 주위 타일보다 색깔이 한 단계 밝아진다. 세제를 안 써도 간단하게 깨끗해지는 것이다.

그걸로 기분이 좋아져서 한 장 또 두 장 닦아나가는데, 가스레인지 근처의 타일은 기름을 비롯해 다양한 오염 물질이 들러붙는 모양인지, 뜨거운 물만으로는 웬만해선 닦이

지 않는다. 이렇게 되면 나는 의욕이 확 사라져서

'일하자.'

하며 컴퓨터 앞에 앉는다. 그럼 남은 타일들은 어떻게 되는가 하면, 방치다. 자랑은 아니지만 타일 136장 전부를 한번에 깨끗하게 닦은 적은 없다. 지난번에는 저기를 닦았으니 이번에는 여기, 하며 닦아나가다 보면 결국은 늘 어딘가가 반드시 칙칙해져 있는 상태가 된다.

그래도 언뜻 보기에는 더럽지 않고 남들이 봐도 눈치를 못 챌 정도다. 게으른 나는

'타일이 균등하게 더러워지면 청소를 안 해도 들키지 않을 텐데.'

하고 생각한다. 어설프게 몇 군데를 청소하니까 닦은 곳과 안 닦은 곳의 차이가 눈에 띄는 것이지, 전체적으로 때가 타 있으면 원래 그런 거라고 인식한다. 그 점을 기대하는 반면,

'그러면 안 돼.'

하는 마음의 소리도 있다. 그러다 기분이 내키면 타일을 찔끔찔끔 닦으며 일부분을 깨끗하게 만든다. 그리고

'역시 깨끗하게 하는 편이 기분 좋아.'

생각하며 같은 일을 반복하고 있다.

벽의 타일은 둘째 치고 싱크대만은 닦아두고 싶다. 세면대도 그렇지만 매일 물을 사용하는 곳은 요즘 들어 습도 높은 날이 많아진 탓인지, 신경을 덜 쓰면 금세 곰팡이가 피니까 그것만은 주의를 기울이고 있다. 집안일 프로인 슈퍼 주부들은 밤에 자기 전에 싱크대의 물방울을 모두 닦는 모양이지만 내게는 도저히 그런 근성이 없다. 생활하는 데 있어서 중요한 장소이니 청결하게 유지하고 싶지만, 나로서는 구연산을 써가며 깨끗하게 닦았다고 생각해도 마르면 허옇게 얼룩이 나타나 낙담한다. 그것은 때를 완전히 닦아내지 못했다는 증거라고 한다. 먼저 때를 꼼꼼하게 닦아내고, 그다음에 구연산 등을 바지런히 뿌려서 청소하는 편이 좋을지도 모른다.

　내가 어릴 적에는 집 부엌에 빨간색 혹은 파란색 종이상자에 담긴 '가네요 클렌저'가 반드시 놓여 있었고, 엄마들은 그걸로 싱크대나 프라이팬 같은 걸 열심히 닦았다. 내가 기억하는 최초의 부엌에 있었던 건 세련된 느낌의 '싱크대'가 아니라 돌로 된 '설거지대'였다. 인조석이었을 수도 있는데, 검정 바탕에 자잘한 회색 무늬가 전체적으로 들어가 있었던 기억이 난다. 부엌은 북향이었고 설거지대도 그런 색인

데다 먹는 것도 달걀이나 당근 말고는 대체로 갈색이었으니 밥을 만드는 즐거운 장소이긴 했지만 밝은 분위기는 아니었다. 그 뒤 등장한 싱크대는 함석으로 마감되어 더러움이 눈에 잘 띄었고 그 이후에 스테인리스 제품으로 넘어갔다. 인조석 설거지대 시절에는 언뜻 봐서는 더러운지 안 더러운지 몰랐지만, 엄마는 매일 수세미에 클렌저를 묻혀 닦았다.

그 기억을 떠올리고 크림형 세제로 닦아봐도 역시 허연 얼룩은 지워지지 않는다. 강한 합성세제를 쓰는 건 싫어서 뭔가 없을까 찾아봤더니 '하이네리'라는 제품이 나왔다. 엄마가 썼던 것 같기도 하고 아닌 것 같기도 하고……, 그런 느낌이 드는, 하얀 뚜껑에 진분홍색 통이다. 그 통이 촌스럽다고들 하는 모양이지만 쇼와* 레트로풍이라고 생각하면 귀여운 맛이 있다. 통에는 식기용 세제라고 쓰여 있고 주성분은 소기름, 야자유, 가성소다, 연마제, 레몬향료라고 한다. 나는 500엔짜리 동전 하나로 살 수 있는, 지름 9센티에

---

* 1926년부터 1989년까지 사용한 일본의 연호.

높이 4센티가 채 안 되는 통에 든 가장 작은 제품을 샀다.

용기 뚜껑은 꽉 잠겨 있어서 원터치로는 여닫을 수 없다. 안에는 크림 형태의 회색 세제가 들어 있다. 사용한 뒤에는 물을 조금 넣고 뚜껑을 덮어두라는 주의사항이 쓰여 있는 것을 보아 수분이 증발하면 딱딱해지는 모양이다. 갓 개봉한 것은 아직 부드러워서 그것을 천에 묻혀 싱크대를 닦아봤다. 적당한 양이 얼마큼인지 몰라서 나중에 생각해보니 좀 많았던 것 같기도 하지만, 그걸로 싱크대 전체를 문지르고 물로 씻어내니 별로 힘주어 닦지 않았는데도 이제까지와는 딴판으로 반짝반짝해졌다. 그리고 싱크대 수분이 마른 뒤에도 내 노력을 헛되게 하는 밉살스러운 허연 자국은 나타나지 않았다.

뭐가 다른지 생각해봤는데, 누군가가 싱크대를 청소할 때 올리브오일이 함유된 비누로 닦으면 얼룩이 깨끗하게 제거된다고 쓴 것을 읽었던 기억이 났다. 이 세제에도 천연 기름이 들어 있으니 그 유분이 영향을 줬을지도 모른다. 상품 후기를 보자 좋은 평을 남긴 사람이 대부분이었지만 개중에는 생각만큼 깨끗해지지 않았다는 사람도 있다. 반면 생각보다 더 깨끗해졌다는 사람이 있는 것도 재밌다. 식기용이니 싱크대뿐만 아니라 그릇, 욕조, 화장실 청소에까지 쓰는 사람이 많은 것 같다. 이 통은 본인의 미의식이 절대 용납 못 한다는 사람은 못 쓸 수도 있지만 하나 있으면 편리하게 사용할 수 있을 듯하다. 나도 앞으로 이곳저곳을 청소할 때 써보려 한다.

싱크대가 깨끗해진 건 좋았지만, 실은 거기보다 더 깨끗하게 청소해야 하는 게 배수구다. 나한테는 배수구 청소가 오래전부터 고민거리였다. 내 동년배 친구는 남편과 둘이서 임대 맨션에 산 지 25년이 지났는데 한 번도 배수구 청소를 한 적이 없으며,

"안 더러운걸"이라고 한다. 그 말을 들은 나와 다른 친구 하나는

"그럴 리 없어. 25년이나 방치해뒀는데 안 더러울 리 없잖아"라고 반론했다. 결국 친구가 눈치채지 못하도록 남편이 몰래 청소하고 있을 거라는 결론에 이르렀는데, 배수구는 조금만 청소를 빼먹어도 상태가 심각해진다.

청소를 게을리한 다음에 배수구 속 트랩을 꺼내 뒷면을 보면 걸쭉한 게 철썩 달라붙어 있어서,

"으아아악."

비명이 나온다. 물이 썩어버린 늪의 밑바닥에서 해초 혹은 정체를 알 수 없는 수생 생물을 꺼낸 것 같다. 처음에는 반쯤 울면서 씻었지만 요즘은 새것을 몇 개 상비해두고 반년마다 교체하면서 부지런히 청소하고 있다. 알루미늄 포일을 경단 모양으로 뭉쳐서 트랩 위에 몇 개 놓아두면 오염 물질이 잘 달라붙지 않는다고 텔레비전에 나와서 그렇게 해봤더니 정말 그런 듯한 느낌이 든다. 배수구 속의 통 부분도 깨끗하게 청소하고 싶지만 이쪽도 세월의 흔적 탓에 새것처럼은 되지 않는다. 그래도 봤을 때 깨끗한 느낌 정도는 주고 싶어서 낡은 칫솔이나 백엔숍 등에서 파는 긴 손잡이가 달린 배수구용 청소 솔을 써봤는데, 좀처럼 내가 만족할 만큼 깨끗해지지 않았다.

그런 와중에 우리 집으로 날아든 카탈로그에 자잘한 부분을 청소할 수 있는 '오쓰식 청소 솔 J'가 실려 있었다. 청소 프로인 오쓰 다마미 씨가 감수한 제품이라고 한다. 손잡이는 스테인리스고 브러시는 나일론. 무엇을 사용해도 배수구 청소에는 만족하지 못했기에 시험 삼아 사서 써봤더니, 브러시가 중간에 꺾여 있어서 자잘하게 올록볼록한 부분의 때가 닦였고 통 부분의 때도 닦였는지 색깔이 한 단계 밝아졌다. 세 개 세트에 3,980엔이니 다소 비싸지만 사용감은 아주 만족스러웠다.

이들 도구로 깨끗해진다는 사실을 알았으니 남은 일은 내가 몸을 움직이는 것뿐이다. 언제든 싱크대와 배수구 속을 불시 검문당해도 괜찮도록, 이것저것 변명 말고 빈틈없이 청소하는 것이 앞으로 내게 부과된 사명이다.

6

오팔 털실

부담 없이 뜰 수 있는 양말

초등학교 저학년 때부터 뜨개를 해왔기 때문에 겨울이 다가오면 습관처럼 털실을 꺼낸다.

엄마가 뜨개를 해서 집에 있었던 주부 대상 잡지의 부록인 뜨개 교본을 보며 대바늘로 네모나게 겉뜨기를 하다가, 그 뒤 대바늘 네 개를 이용해 원통 모양으로 뜨는 것을 연습했고 코바늘로도 떠봤다. 몇 번이나 실패한 끝에 그럭저럭 쓸 만한 것을 뜰 수 있게 되었다. 첫 작품은 짧은뜨기로 뜬 손모아장갑이었는데, 등하굣길에 꼈지만 점점 늘어나더니 야구 글러브처럼 되어서 버리고 말았다. 처음 제대로 입을 수 있었던 건 초등학교 5학년 때 레이스실을 써서 코바늘로 뜬 민소매 여름 니트였고, 마음에 들어서 외출할 때 몇 번이나 입었던 기억이 난다.

예전에는 털실이 발매되면 뭘 뜰지 정하지도 않은 채 사들여서 낮에는 일을 하고 밤에는 뜨개를 하는 일상을 보냈다. 단순한 뜨개 방식으로 만들 수 있는 것이라면 한 벌 뜨는 데 일주일이면 충분했다. 지금까지 내 것과 다른 사람에게 부탁받은 것을 포함해 스웨터와 카디건을 이백 벌 가까이 떠왔다. 작년까지 겨울에 집에서 입던 카디건이 있었는데, 슬슬 질려서 다른 것을 뜨려고 실을 풀어 털실 공으로 만들었기 때문에 현재 남아 있는 뜨개옷은 한 벌도 없다.

2008년에 몸이 안 좋아졌을 때 한약방 선생님으로부터

"단것을 너무 많이 드시네요. 조금 쉬는 편이 좋지만 일은 관둘 수 없으니 취미인 뜨개는 당분간 금지예요"라는 말을 들어서 일 년 정도 뜨개를 자제하고 있었다. 점점 컨디션이 회복되면서 슬슬 뭔가 뜨고 싶어졌을 때, 지인이

"우리 집 나이 많은 수컷 소형견이 추위를 많이 타서 스웨터를 사주고 싶은데, 입히고 싶은 게 잘 없고 간혹 마음에 드는 옷이 있어도 너무 비싸"라기에 떠주기로 했다. 이것이 복귀 첫 뜨개 작품이었다. 개 스웨터는 떠본 적이 없어서 일단 몸 사이즈를 알려달라고 한 다음, 견공용 스웨터 책을 봐

가며 편하게 세탁할 수 있는 어린이 옷감용 합성섬유인 핑크색 털실로 한 벌 떠봤다. 아무 장식도 없는 심플한 디자인이어서 몇 시간 만에 완성했다.

그걸 줬더니 개가 마음에 들어 한다며 곧바로 입혔고, 사이즈도 딱 좋다기에 그 기본형을 바탕으로 줄무늬, 꽈배기뜨기, 핑크색 바탕에 흰색으로 밤비 모양을 배색뜨기한 것, 하얀 바탕에 빨강, 초록, 파랑 등으로 셰틀랜드*풍 배색뜨기한 것, 보온을 위해 캐시미어 혼방 털실로 뜬 것, 코바늘로 떠서 네크라인과 옷자락에 프릴을 단 것 등 갖가지 옷을 떴다. 지금까지 뜬 적 없는 무늬를 뜰 수 있어서 나도 많이 배웠고, 내가 안 입는 귀여운 색으로 뜰 수 있다는 것도 즐거웠다. 하지만 안타깝게도 그 아이가 천국으로 떠나버려서 내 견공 스웨터 뜨개질도 끝이 났다.

그런 것을 하다 보니 역시 또 뜨개가 하고 싶어져서 털실을 사긴 했는데, 낮 동안 일하다가 밤에 저녁밥을 먹고 나서 뜨개를 하면 다음 날 눈이 피로해진다는 사실을 알았다. 그

---

* 영국 셰틀랜드 군도에서 생산하는 양털 혹은 그 양털로 짠 옷감.

래서 저녁 말고 점심을 먹은 뒤에 30분만 뜨기로 했더니 눈의 피로는 사라졌지만, 당연히 다 뜨기까지 시간이 걸렸다. 뜨는 도중에 방치하는 건 싫으니까 아무리 작은 것이라도 좋으니 뭔가 완성하고 싶다. 카디건은 앞이 트여 있는 부분을 처리해야 하니 스웨터보다 손이 많이 가고, 스웨터는 팔 부분을 뜨는 만큼 조끼보다 시간이 든다. 그러면 조끼가 좋지 않을까 했는데, 그게 디자인적으로 아주 까다롭다는 걸 깨달았다. 조끼를 서투르게 짜면 대놓고 방한용이라는 분위기를 풍겨서 아줌마스러움이 강화된다.

그렇다고 남자 옷처럼 전통적인 스타일의 뜨개 방식을 선택하면 아저씨한테 빌려 온 것처럼 보인다. 뜨는 수고는 둘째 치고 털실의 종류, 굵기, 무늬, 기장 등 다른 면에서 고려해야 할 사항이 많은 것이다.

'옛날에는 꽈배기를 넣은 이런 전통적인 스타일도 잘 어울렸는데.'

생각하며 포기한다. 그렇다 해서 나이 지긋한 여성들 취향인 속이 살짝 비치는 드레시한 분위기도 나한테는 안 어울린다. 어떻게 하나 고민한 결과, 내가 선택한 것은 양말이었다. 꽤 오래전에 두 켤레를 뜬 뒤로는 양말을 만든 적이 없었다.

양말은 뜨는 분량이 적은 데다 단순한 뜨개 방식이라면 짧은 시간 안에 완성할 수 있다. 문제라 하면 한 짝만으로 끝나는 게 아니라 또 한 짝을 더 떠야 한다는 점인데, 뭐 그건 어쩔 수 없다. 그리하여 뜨개 양말에 대해 인터넷으로 찾아봤더니, 외국에는 삭 니터sock knitter라고 양말만 집중적으로 뜨는 사람들이 있어서 자신의 작품을 선보이고 있었다. 물론 단순한 것도 있지만

'어디를 어떻게 뜨면 이런 모양이 나오는 거지?'

하고 고개를 갸웃거리게 만드는 것이나 뒤꿈치에 배색뜨기로 무늬를 넣은 것 등 공을 들인 양말도 많다. 일본은 실내에서 신발을 벗지만 외국에서는 신발을 신는 시간이 기니까 양말 전체를 보여줄 기회가 적을 텐데도 이만큼 공을 들인다는 건 외국식 '숨겨진 멋'인가 싶었다.

예전에 양말을 떴을 때는 울에 나일론이 혼방된 중간 굵기의 실이 이 세상에 분명 있었는데, 색깔도 실용성을 중시한 그저 그런 단색뿐이어서 뜨고 싶은 마음이 들지 않았다. 그래서 내가 가지고 있던 울 100퍼센트 실로 떠본 것까진 좋았지만 신었더니 눈 깜짝할 사이에 뒤꿈치와 엄지발가락

아래쪽 힘 들어가는 부분이 얇아져서

'이렇게 금세 구멍이 뚫리다니.'

하고 실망했다. 대체 어떻게 하면 좋을지 궁리한 끝에 두 켤레째는 울 100퍼센트 실과 레이스용 얇은 면사를 나란히 놓고 그걸로 떠보기도 했다. 약간 더 튼튼해지기는 했지만 이번에는 면사에 때가 잘 타는지 몇 번이나 씻어도 꾀죄죄한 느낌이 빠지지 않아서, 양말은 손뜨개를 한 것치고는 보람 없구나 하며 뜨기를 관뒀다.

그런데 새 마음, 새 뜻으로 양말을 뜨려고 찾아봤더니 놀랍게도 외국의 양말용 실인 삭 얀sock yarn이 아주 많이 나왔다. 특히 눈길을 끈 것은 독일 투토TUTTO사의 오팔Opal이라는 털실이었다. 중간 굵기에 색색으로 염색된 예쁜 실이라서 간단한 겉뜨기만으로도 여러 가지 색깔과 모양이 나오니 그게 재미있을 듯했다. 그 털실은 모(슈퍼 워시 울) 75퍼센트, 폴리아미드(나일론) 25퍼센트로 구성되어 있고, 한 뭉치인 100그램으로 약 1.5켤레분을 뜰 수 있다. 세탁망에 넣으면 세탁기로 빨 수 있다는 점도 좋다.

이 실을 알게 된 계기는, 독일 출신인데 결혼해서 일본에 사는 우메무라 마르티나라는 분이 동일본 대지진 때 원전

사고 피해자를 위해 독일 친정 근처에 있었던 투토사의 오팔 털실을 게센누마의 피난소로 보냈다는 이야기를 읽고 나서였다. 그런 건 긴급하게 필요한 물건이 아니라고 말하는 사람도 있었던 모양이지만, 얼마 뒤 피난소 여성들로부터 뜨개를 할 때는 괴로운 일을 잊을 수 있으니 또 털실을 보내줬으면 한다는 말을 들었다고 한다. 털실을 사면 피난해 있는 사람들이 생활을 재건하는 데 보탬이 된다고 해서, 내가 좋아하는 물건을 구매하는 것이 누군가에게 도움이 된다면 하고 사봤다.

오랜만에 중간 굵기의 얇은 털실로 도안의 기본이 되는 게이지*를 내봤더니 느슨하게 뜨는 편인 나는 적정 게이지로 하려면 가장 얇은 대바늘로 뜰 수밖에 없었다. 그 점은 조금 힘들었지만, 점차 색깔과 모양이 나타나서 싫증을 잘 내는 나도 이 얇은 실로 즐겁게 뜨개를 할 수 있었다.

그 뒤 우메무라 씨는 피해를 본 여성들이 대피소를 나와 임시 주택에 살게 되었지만 그래도 일할 장소가 없다는 것

---

* 뜨개에서 가로 세로 10센티 안에 들어가는 콧수와 단수를 일컫는 말로, 뜨는 사람에 따라 다르게 나온다.

을 알고, 게센누마에 오팔 털실을 취급하는 회사를 만들어 그들을 고용했다. 그리고 지금까지도 그런 활동을 계속하고 있다. 그만한 사업을 할 수 있었다는 건 이 털실을 필요로 하는 사람이 많았다는 뜻이며, 그게 피해를 당한 사람들에게 도움이 되었던 건 매우 다행한 일이다.

이 털실은 종류가 여러 가지인데, 내가 처음 산 것은 오스트리아의 예술가 훈데르트바서의 그림을 모티프로 한 시리즈였다. 나는 '땅이 없는 정원'이라는 이름이 붙은 털실을 두 겹으로 겹쳐 집에서 입는 긴 카디건을 떠서 잘 입었다. 그것이 털실 공으로 되돌린 옷이다. 또 고흐의 그림을 모티프로 삼은 털실 시리즈도 있는데, 각각 '별이 빛나는 밤' '해바라기' '고갱의 의자'라는 이름이 붙어 있다. 모두 그림에 쓰인 색이 그대로 털실에 색색으로 들어 있다.

오팔 털실을 산 뒤로는 이 털실에 푹 빠져서 양말을 뜨고 싶어졌다. 다양한 색깔로 뜨고 싶어서 한 뭉치, 또 한 뭉치 사들였다. 화려한 색깔이라도 뜨는 건 즐겁기 때문에 내가 신기에는 좀 튀는 핑크색 계열도 떠서 바자회에 내놓았다. 착용해보면 무척 따뜻해서 신자마자 몸이 녹아내린다. 짧은 시간 안에 뜰 수 있다는 점도 좋다. 발목 부분은 본체와 마찬가지로 겉뜨기로 뜬다. 뱅그르르 동그래지는 부분이 마음에 든다.

단정한 것을 좋아하는 사람은 오른쪽과 왼쪽 무늬를 맞추고 싶을 수도 있지만, 나처럼 대충 하는 성격이라면 '좌우가 다른 게 오히려 재밌어' 하며 실 색깔이 변하는 것에 손을 맡기고 뜬다. 그렇게 생각하게 된 뒤로는 같은 털실 한 쌍이 아니라 다른 털실로 만든 양말을 각각 한 짝씩 신어도 좋지 않을까 싶었고, 그러자 한 짝이 좀 화려해도 좋을 것 같다고 생각이 변해서 요즘은 화려한 색깔의 양말도 뜨고 있다.

나한테는 얇아서 뜨기 힘든 이 실로 스웨터나 카디건을 짜는 용자도 있다. 양말이나 모자를 뜨고 남은 실을 모아서 팝한 작품을 완성한다. 세탁망에 넣어 세탁기로 빨 수 있다는 점도 좋다. 하지만 나는 아직 거기까지 이르지 못했고, 근성이 없기 때문에 소심하게 양말만 뜨고 있다. 그래도 언젠가는 스웨터도 떠보고 싶다. 이 실로 뜨다 보니 다른 양말실로도 뜨고 싶어져서 나이프 멜라Naif Mela라는 이탈리아제 실로도 떠봤다. 면 45퍼센트, 울 42퍼센트, 나일론 13퍼센트인데, 면이 혼방된 만큼 여름에도 신을 수 있다는 점이 좋았다. 이건 발목 부분을 고무뜨기로 떴다. 그 뒤 'KFS 우메무라 마르티나 오팔 털실'에서도 여름이 다가오면서 면 혼방 털실까지 판매하게 되었는데, 지금 가지고 있는 실을 다 쓰면 그 실로도 떠보고 싶다.

오팔 털실 홈페이지에 들어가 보니 '두더지 양말'이라는 게 있던데 다음에는 그 모양으로도 떠보고 싶다. 발가락 부분이 없는 양말로, 발목은 따뜻하게 하고 싶지만 발 전체를 뒤덮으면 더운 목욕 후나, 여름철 에어컨 바람이 차가울 때 신으면 좋을 것 같다. 뜨고 싶은 건 잔뜩 있지만 시간이 없고 손이 따라가지 못해 슬프다.

그런 상황인데도 역시 소품만으로는 성에 차지 않아서 스웨터 뜨기를 시작하고 말았다. 나는 영국 로완ROWAN사의 털실을 좋아해서 그중에서도 가장 마음에 드는, '펠티드 트위드'라는 가벼우면서도 무척 따뜻한 털실로 모양도 뜨개 방식도 단순하게 뜨고 있다. 전에 이 실로 스웨터를 뜬 적이 있는데, 그건 친구에게 쥐버렸지만 게이지와 도안은 머릿속에 남아 있어서 일하는 틈틈이 옷 뒷길의 45퍼센트 정도를 완성했다. 하루에 뜰 수 있는 양은 적지만 순조롭게 앞으로 나아가는 게 기쁘다. 다양한 색깔을 눈에 담고 싶을 때는 양말을 뜬다. 눈앞에 늘어놓고 보니 이 스웨터에 이 양말들은 전혀 어울리지 않는다는 사실을 깨달았지만, 뭐 각각 다른 것과 매치시키면 되니까 하며 비는 시간에 계속 뜨개를 하면서 입어볼 날을 고대하고 있다.

7

에네탄 베개

또다시 플라스틱 문제

예전에 파자마와 침구에 관해 쓴 적이 있는데, 그중 베개에 관해서는

"얇은 것 두 개를 겹쳐서 통기성이 좋아진다는 메시형 베개 커버를 씌우고, 그 위에 삼베 타월을 감아 일 년 내내 쓰고 있다"라고 했다. 이 방식으로 오랫동안 쭉 사용해왔는데, 처음에는 쾌적했지만 점점 아침에 일어나면 왠지 어깨가 뭉친 듯한 느낌이 들기 시작했다. 낮 동안에는 어깨가 안 뭉치는데 아침에 일어났을 때만 어깨의 느낌이 개운하지 않았다.

나이를 먹으면 체형이 달라지므로 평소에는 가슴부터 아랫배까지나 엉덩이만 신경 쓰이지만, 어깨통과 등도 틀림

없이 변하고 있을 것이다. 예전에는 몸에 잘 맞았던 베개라도 베개 자체도 점점 꺼지고 내 몸도 변한다. 어쩌면 이제 이 베개는 나한테 안 맞을 수도 있겠다 싶어서 다시 생각해 보기로 했다.

꽤 오래전 일이지만 저반발, 고반발 베개가 인기를 끈 적이 있었다. 기존 소재의 베개와는 달리 그것을 쓴 뒤로 숙면을 하게 됐다는 이야기도 들었다. 매우 관심이 갔지만 우리 맨션의 쓰레기장에 오래 써서 낡은 것이 아니라 아직 새것인 그 베개가

'이제 필요 없어'라는 듯이 버려져 있던 모습을 보고 사기가 망설여졌다. 오래 써서 낡은 것이었다면

'애용하다가 버릴 때가 되었나 보네.'

하고 판단할 수도 있었겠지만, 그건 정말로 아직 새것이었기 때문에 한 번 써봤더니 목이 결려서

'도저히 못 쓰겠군.'

하고 분노하며 홧김에 버린 게 아닐까 등 이런저런 생각이 들었다. 그때는 내가 적당히 조정한 베개라도 딱히 문제는 없었고 아침에 일어났을 때 어깨 결림도 없었다. 하지만 2년쯤 전부터 아무래도 이상하다고 느끼게 되어 조금씩 베

개를 찾아보기 시작한 것이다.

몇 년쯤 전에 텔레비전에서 어떤 의사가 자신에게 맞는 베개를 만드는 방법을 가르쳐주는 것을 봤다. 방석과 수건 몇 장을 준비한 다음, 환자가 잘 때의 자기 목 각도에 맞춰 접은 수건을 방석 위로 한 장씩 빼거나 더하며 딱 맞는 높이로 조절하는 것이었다. 그 방법으로 요통이 나은 사람도 있다고 한다. 나는

'와아, 베개를 저렇게 만들어도 되는 걸까.'

하며 놀랐다. 당시는 물건을 처분하지 않고 쌓아두고 있어서 낡은 수건도 몇 장 있었다. 하지만 우리 집에는 내가 샤미센*을 연습할 때 쓰는 폭신폭신한 방석밖에 없어서 그때는 베개 만드는 방법만 기억해뒀다.

베개가 안 맞는다고 느끼게 된 뒤 그것을 떠올리고 검색해봤더니 이용하는 물건이 현관 매트와 타월 이불로 바뀌어 있었다. 그쪽이 탄탄함이 유지된다고 한다. 다행히 타월 이불도 집에 있어서 우리 집에서는 지금까지 사용하지 않

* 세 개의 줄이 있는 일본의 전통 현악기.

았던 현관 매트만 사기로 했다.

현관 매트는 원래 발아래에 두는 물건이지, 머리 아래에 두는 물건이 아니다. 매트에 방충제 등의 약제를 쓴 것은 싫으니 유기농 면으로 만들어서 그런 종류의 약품이 쓰였을 가능성이 적은 제품을 찾아 구매했다. 배송은 금방 되었지만 이만큼 탄탄하면 괜찮을지 자신이 없었다. 내가 태어났을 때부터 지금까지 살았던 집에 현관 매트가 깔려 있던 적은 없다. 현관 매트가 깔린 집을 방문한 경험은 있지만 일일이 매트의 탄성이나 두께 같은 걸 조사하지는 않는다. 그런데 지금은 그 탄탄함이 베개 만들기의 포인트가 될 테니 이걸로 괜찮을지 불안해진 것이다.

일단 수제 베개 만드는 방법을 보면서 현관 매트를 접고, 그 위로 모서리를 맞춰가며 타월 수건을 접어 나갔다. 머리를 얹어보고 높은 것 같으면 한 겹씩 펼쳐서 조정했다. 혼자서 하려면 베개에 머리를 얹고 누웠을 때 머리의 중심에서 허리까지가 침대와 평행, 즉 일직선이 되는 것이 이상적이므로 거울을 보고 확인하며 맞추면 된다는데 그게 너무 어려웠다.

누워 있는 눈높이에서는 뭘 어떻게 해도 안 맞는 것 같아서 일본 옷을 재봉할 때 쓰는 2척짜리 경척鯨尺을 가져와 코를 따라 대어봤지만, 거울을 보면서 해도 전혀 평행해지지 않는다. 근처에 사는 친구에게 봐달라고 하려 해도 하필이면 일 때문에 해외에 가 있어서 부탁할 수도 없다. 몇 번이나 타월 수건을 펼쳤다 되접었다 하며 '음, 이 정도인가' 싶을 때 머리를 얹고, 그다음에는 거울을 보며 누워서 일직선으로 되어 있는지 확인하기를 몇 번이나 반복하다 보니 진절머리가 났다.

언제까지고 타월 수건을 펼쳤다 되접었다 할 수도 없으니

'이 정도로 괜찮지 않을까.'

결단을 내리고 자봤다. 그런데 다음 날 아침, 평소보다 목이 더 결렸다. 내 몸에는 전혀 안 맞았던 모양이다. 이 정도로 괜찮지 않았던 것이다. 그다음 날은 한 겹 더 높여봤지만 마찬가지였다. 또 그다음 날은 두 겹 낮춰봤는데 이 또한 마찬가지였다. 나조차도 이 상태가 나한테 높은 건지 낮은 건지 전혀 알 수 없어졌다. 이건 전문가에게 제대로 봐달라고 하는 편이 좋을지도 모르겠다고는 생각했지만, 심한 증상이 나타난 것도 아니니 그렇게까지 하지 않아도 괜찮을까 싶기도 하고, 대체 어떻게 해야 하나 계속 고민하고 있었다.

그 뒤로는 텔레비전이나 라디오에서 '베개'라는 말이 나오면 귀를 쫑긋 세웠는데, 어느 날 아침 텔레비전에서 크게 인기를 끌고 있는 물건이라며 소개한 것이 수세미 베개였다.

모양도 그야말로 수세미가 그대로 커진 것처럼 생겨서 진짜 수세미네! 하고 놀랐는데 앞으로는 형태가 개량되어 도넛형으로 나온다고 했다. 수세미 베개는 두피 마사지 가게에서 쓰이다가 입소문을 탔다고 한다. 수세미 베개에 마사지하는 사람의 테크닉까지 합쳐지면 누구라도 10분 안에 잠이 든다고 한다. 보기만 해도 기분 좋을 것 같다. 하지만 그건 마사지를 해주는 사람이 있기 때문이며, 베개를 사도 시술자는 따라오지 않으니 효과는 반쪽일 수도 있다. 그래도 두피는 조금 만져주는 편이 좋다든가, 베개를 씻어서 청결하게 유지할 수 있다든가 하는 점에는 끌렸다. 두피가 딱딱해져 있으면 목이나 어깨에 악영향을 끼친다고 들은 기억이 있으니 어느 정도 두피를 자극하는 건 필요하겠지.

그런 모양이라면 머리에 열은 안 차겠지만 익숙해질 때까지는 좀 아플 것 같았다. 가게에서는 두피 마사지를 받으니 거의 천장을 바라보겠지만, 집에서 잠자는 내 모습을 떠올려보면 천장을 보고 자기 시작해도 눈을 뜨면 오른쪽을 보고 있기도 하고 왼쪽을 보고 있기도 하니 자다가 몇 번이나 몸을 뒤척이는 것 같다. 집에서 쓸 때 뺨이 수세미를 누르면 작은 구멍 자국이 무수하게 생기지 않을까 걱정도 되었다.

흥미롭긴 했지만 수제품이기 때문에 입고 대기 상태여서 곧장 살 수 있는 건 아니었다. 그러고 보니 나는 젊은 시절 작은 감색 천 주머니 속에 데굴거리는 호두 껍데기가 들어 있는 호두 베개라는 것을 써봤는데, 수면 시간은 짧아졌음에도 눈이 무척 잘 떠지는 데 깜짝 놀랐다. 너무나 상쾌했지만 그걸 계속 쓰면 언젠가 그 반동으로 두통이 생기거나 일어나도 머리가 멍해지는 게 아닐지 오히려 걱정이었다. 친구에게 그 이야기를 꺼냈더니

"머리에는 지압점도 있지만 누르면 안 되는 부분도 있는 모양인데, 그렇다면 눌러서는 안 되는 부분도 누르고 있는 거 아닐까?"

해서 그 충고에 따라 사용을 중단했다.

어린 시절부터 친숙한 메밀껍질 베개는 벌레가 끓는다고

들었고, 판야*는 열이 차고, 구슬 베개는 통기성은 좋지만 잘랑잘랑 소리가 나고, 전부 일장일단이 있기에 베개는 간단히 새것을 사서 바꿀 수 없으니 어렵다. 전문점에 가서 목의 경사를 측정해 만드는 오더메이드라면 문제가 적을지도 모르지만 웬만해서는 그렇게까지 할 수 없는 게 현실이었다.

그 무렵 내가 인터넷 쇼핑으로 조미료 같은 걸 사는, 유기농 식품과 일용품을 취급하는 쇼핑몰에서 보낸 세일 광고에 추천품 전단지가 딸려 왔다. 이제까지도 전단지는 매월 왔는데, 유기농 면 속옷, 원적외선 히터, 더러운 공기를 배출하지 않는 외제 청소기, 스테인리스 냄비, 캐시미어 담요 등 갖가지 물건이 있었다. 평소에는 딱히 뭘 사지 않지만

"흐음."

하며 하나하나 보던 중 내 눈길을 사로잡은 물건이 있었다.

여자들한테 아주 잘 팔리는 베개였는데, 모서리가 둥글고 부드러운 사각형을 살짝 쥔 것처럼 패여 있는 모양이었다. 충전제는 얇게 자른 칩 형태의 에네탄 폼이었고 그걸 다

---

* 판야과의 열대산 상록 교목으로 종자의 백색 털은 이불과 베개의 솜 대신 쓴다.

시 같은 소재로 감쌌다. 에네탄이란 저반발 우레탄 폼인데, 몸의 압력 분산, 항균, 소취, 진드기 방지 기능과 흡습성이 있고 푹 꺼지지 않으며 사용자에게 딱 맞춰진다. 쓰는 사람의 머리와 목 형태에 맞게 모양이 변하므로 목으로 가는 부담을 줄여주고, 통기성도 뛰어나 잠잘 때 머리를 적정 온도로 유지해준다고 한다. 일본에서 봉제했고 커버는 인증받은 유기농 면으로 만들었다. 베개에 딱 맞는 커버여서 이것이라면 주름이 잘 가는 삼베처럼 얼굴에 자국도 잘 안 남을 듯했다.

나는 그 전단지를 물끄러미 바라보다가 너무 높은 베개는 좋아하지 않는 나한테 잘 맞을 듯도 하고, 선전 문구처럼 여성용으로 만들어져 있다면 한번 써볼까 하는 마음이 들어 사봤다. 평소에는 '여성용' '여성 대상'이라고 쓰여 있으면

"흥"

하고 무시했지만 아무리 생각해도 환갑이 지난 내 몸은 남자와는 다르니 이번에는 순순히 따랐다.

얼마 후 도착한 것은 딱딱한 것 같기도 하고 말랑말랑한 것 같기도 한 신기한 감촉의 베개였다. 크기는 세로 40센티, 가로 60센티, 두께는 8센티인데, 손가락으로 눌러보면 쑥

들어가고 손가락을 떼고 조금 있으면 천천히 원래대로 돌아온다. 이런 타입의 베개를 쓰는 것은 처음이라서 어떻게 될지 걱정이었다. 하지만 베개에 머리를 얹어보니 머리 무게로 베개가 쑥 들어가서 안정되었다. 압박감이나 불쾌함은 전혀 없었고 다음 날 아침에 눈을 뜨는 게 기대되었다. 다음 날 아침, 일어나보니 어깨가 평소의 뭉친 느낌이 전혀 없었고 무척 가벼웠다. 이건 괜찮은 물건인지도 몰라, 하며 그 이후 애용하고 있다.

단 한 가지 실패한 부분은 이 역시 예전 원고에 썼던 해양 플라스틱 오염과 미세 플라스틱 문제다. 이 베개의 본체는 우레탄폼으로 만들어져서 사실은 피해야 할 소재였다. 커버가 유기농 면이기에 무심코 괜찮겠거니 하고 마음이 동해 사버렸는데, 도착하고 나서

'이건 잘못했군.'

하며 조금 반성했다.

그런 점에서는 현관 매트와 타월 수건이 좋았지만, 나로서는 아무리 해도 잘 맞춰지지 않았으니 어쩔 수 없다. 지금은 새 베개를 나름대로 편하게 쓰고 있으나 또 세월이 흐르면 이것도 불편해질 수 있다. 그리되면 다시 새로운 베개를

찾아야 한다. 그런 문제나 플라스틱 오염을 생각하면 현관 매트와 타월 수건을 처분할 수 없어서, 한데 뭉쳐 창고로 쓰는 방 한구석에 가만히 놓아두고 있다.

8

편지지 세트, 엽서

귀여운 종이 친구들

세상에서는 자원을 아끼기 위해 페이퍼리스화가 진행되고 있다는데, 나는 아무리 해도 종이류를 전부 처분할 수 없다. 책과 잡지도 그렇지만 원고를 쓸 때도 한 번 프린트해서 보지 않으면 퇴고를 할 수 없다. 연락을 모두 이메일로만 할 수도 없고, 일이야 어쨌거나 사적인 감사 인사 등에는 내 직업상 오자 같은 게 있어선 안 된다며 긴장하는데도 불구하고 편지와 엽서를 손으로 써서 보낸다. 그것도 관제엽서는 조금 밋밋하니 편지지류를 파는 가게에서 마음에 드는 디자인을 발견하면 훌렁 사버린다.

사람들에게 무언가를 보낼 때는 일필전*에 몇 자 적어서 함께 보내기 때문에 몇 세트씩 구비해두고 있다. 집에 재고가 있으니 가게에 들르지 않으면 좋을 텐데, 살 계획이 없을 때라도 눈으로 가게를 확인하는 순간, 발이 멋대로 움직여서 안으로 들어가버리니 결국 나올 때는 뭔가를 손에 들고 있게 된다.

옛날만큼은 아니지만 아직 조촐하게나마 사계절이 있으므로, 사둔 엽서와 편지지, 일필전의 디자인이 그것을 보낼 때의 계절에 맞지 않으면 어울리는 그림이 있는 것을 산다. 봄 여름 가을 겨울 각 계절분과 연중 쓸 수 있는 것을 사두었지만 나한테 편지지나 엽서를 보내는 사람은 대체로 정해져 있다. 늘 같은 그림으로 답장을 보내기는 조금 망설여지고, 그 사람이라면 이 그림을 좋아해줄 것 같다는 생각도 하며 다른 디자인을 새로 사버린다. 또

"보내주시는 일필전과 엽서가 늘 기대됩니다"라는 말을 들으면 기뻐서 재고를 더욱 늘리고 만다.

* 짧은 문장을 써서 보내는 소형 편지지.

내 동년배나 나보다 어린 사람한테는 괜찮지만, 어르신께 보낼 때는 너무 장난스러운 그림이 그려진 것을 보내기도 좀 그러니 나름대로 실례가 안 되는 그림이나 단순한 디자인을 고른다. 엽서를 보내면 예의에 어긋나는 경우도 많아서 어르신께는 봉투가 딸린 편지를 보낸다. 줄만 처진 것도 쓰지만 역시 계절감이 느껴지는 게 좋겠다 싶어 사계절 그때그때의 그림을 고르다 보면 이쪽 역시 개수가 늘어나기만 한다.

우리 집 거실에는 높이가 70센티 정도 되는 목제 캐비닛이 있다. 나는 그 캐비닛의 깊숙한 4단짜리 서랍에 시중 회사에서 만든 엽서, 카드, 편지지, 봉투, 봉투에 붙이는 스티커, 문향* 등 편지 관련 용품을 넣어둔다. 물건을 줄이는 작업은 매일 계속하고 있지만 이 서랍들은 모두 터질 듯이 꽉 차 있으며, 가장 위의 서랍은 닫히지 않은 채 어중간하게 입을 벌리고 있고, 그 위로 또 카드니 봉투니 하는 것들이 쌓여 있어서 볼 때마다

* 편지에 함께 넣어 보내는 향.

"아아."

하고 한숨을 내쉰다. 정리를 해야 한다고 생각하지만 모두 다 마음에 들고, 그걸 받는 상대도 좋아해줄 거라면 그리 간단히는 처분하지 못한다. 새로운 것보다 옛것이 디자인이 멋질 때도 있어서 오래된 것부터 처분할 수도 없다.

또 같은 무늬의 편지지와 봉투 세트는 교묘하게 만들어져 있어서 대체로 편지지가 더 빨리 소진된다. 그렇게 되면 무늬 있는 봉투가 남는다. 편지지 대신 하얀 카드를 사서 봉투만 무늬가 그려진 것을 사용하는 식으로 소비할 수는 있지만, 그것도 속셈이 뻔히 보이는 것 같아 신경 쓰인다. 무슨 일이 있어도 세트로 사용하고 싶은 무늬라면 같은 무늬의 편지지를 새로 사는데, 그것을 쓰다 보면 이번에는 봉투가 소진돼서 봉투를 또 새로 사는 악순환에 빠진다. 세트로 살 때는

'이번에야말로 편지지랑 봉투를 동시에 다 써야지.'

하고 의욕을 다지지만 잘 된 적은 한 번도 없다.

나와 마찬가지로 편지지류를 좋아하는 사람들은 모두 재고를 껴안고 곤란해하는 모양인지, 나도 몇 년쯤 전에 친구가 수집하던 고양이 그림엽서 중 일부를 얻은 적이 있다. 전

부 세련된 디자인뿐이어서 도저히

"필요 없어"라고는 말하지 못해 크게 기뻐하며 받았다. 그 엽서들은 예순 장을 수납할 수 있는 엽서용 파일에 넣어 책장에 꽂아뒀으니 정리 면에서는 딱히 문제가 없다.

문제가 있는 건 내가 마음 내키는 대로 사버린 서랍 속 편지지류다. 이런 상황을 소유물이 적고 방도 깔끔하게 정리하는 친구에게 이야기했더니,

"계절이나 상대에 따라 편지지를 구분해서 쓰는 건 알겠는데, 왜 그걸 한 종류씩만 두지 않는 거야? 봄용이라든가 가을용이라든가, 모든 게 두세 종류씩 있는 건 낭비야. 편지지와 봉투 세트도 기본 한 종류만 있으면 어떤 용도에든 쓸 수 있잖아."

하고 아주 온당한 지적을 했다. 그 말대로다.

"그래도 말이야······."

하며 앞의 이유를 우물우물 늘어놓자

"흐음."

하고는 입을 다물어버렸다. 그러더니

"일단 새로운 건 더 사지 마. 재고를 다 쓴 다음에 꼭 필요해질 때 새것을 사면 어때?"라고 한다. 이것도 지당한 말이

다. 하지만 나는 상대에 따라 결례를 범하지 않도록 신경을 쓰는 한편, 어떤 사람들에게는

'이런 것도 있어.'

하며 장난스러운 카드를 보내고 싶다.

카드, 엽서, 편지지 등을 판매하는 회사인 홀마크의 '유머 시대극 시리즈' 카드는 '생일 축하' '고맙습니다' 등의 종류가 있고, 일러스트는 전부 일본풍인데 열어보면 비밀스러운 그림이 입체로 튀어나온다. '고맙습니다'의 마이코[*] 카드는 여전히 예쁘고 귀여워서 폭넓은 연령층에 쓸 수 있을지도 모르지만, 다른 '고맙습니다' 카드의 그림은 상인의 딸과 병에 걸린 아버지, 다이묘[**]의 행렬이다. '생일 축하'는 가로[***]가 수수께끼의 열쇠를 앞두고 머리를 조아리는 모습, 나쁜 다이칸[****]이 히죽히죽 웃으며 악덕 상인과 몰래 만나는 모습, 어느 것이나 열어보면 각각의 주제별로 허를 찌르는 장치가 마련되어 있어서 나는 무척 좋아하지만 어르신들께

[*]   견습 단계에 있는 게이샤(일본의 전통 기녀).
[**] 일본의 헤이안 시대 말기에서 중세에 걸쳐 넓은 영지를 가졌던 봉건 영주.
[***] 무가의 가신단 중 가장 높은 직위.
[****] 일본의 중세에 주군을 대리하여 행정을 보던 사람.

보내기에는 조금 부끄럽다.

나는 이 재미를 다른 사람에게도 알리고 싶은데, 친구는

"네 마음은 알지만 재미를 전하려고 하니까 재고가 늘어나는 거잖아. 너만 보고 즐기도록 각각 한 장씩 사서 감상만 해도 될 텐데"라고도 한다. 이 또한 옳은 말이지만 나는

"이런 재밌는 게 있더라."

하고 남에게 말하지 않고서는 못 배기는 성격이다. 우연히 가게 앞에 진열된 것을 발견해 그 존재를 알아버렸을 때 게임은 이미 끝나 있었다.

"그래서 그 카드는 몇 장 샀어?"

"각각 세 장씩."

친구는 기가 막혀 했다.

"앗, 아버지 카드는 다섯 장 샀어."

친구는 더는 아무 말도 하지 않았다. 그리고 얼마간의 침묵 후

"누군가에게 편지를 쓰기로 마음먹었을 때 가서 엽서나 편지지를 사면 되잖아. 나는 편지지류 같은 건 딱히 구비해두지 않아. 우표도 편지를 보내러 갈 때 우체국에서 한 장씩 사는걸. 너, 우표도 잔뜩 가지고 있지?"

하고 아픈 곳을 찔렀다. 기념우표는 발매할 때마다 사는 건 아니지만 마음에 드는 도안이면 세트로 산다. 내 책이 나올 때마다 엄마의 학창시절 친구분들께 사인해서 증정하는 게 열 건 정도 있어서 그때마다 우표가 3천 엔어치 정도 필요하다. 우체국에서 한꺼번에 우표 대용 스티커를 붙이는 편이 좋을 수도 있지만 나는 계절이나 상대에 맞춰서 우표를 붙이는 것도 즐겁다.

실은 우표라면 재고를 쓰려고 노력하며 사는 횟수를 줄이고 있었다. 하지만 그때 다른 친구가

"아는 노부부가 오랫동안 우표를 모았는데, 이제 나이를 먹었으니 우표를 좋아하는 사람한테 액면가라도 괜찮으니 팔고 싶대"라고 해서 그가 맡아두고 있던 파일을 구경했다. 그 노부부는 예전에 대량의 우표 수집 파일을 매입 업자에게 팔았는데, 총액 60만 엔이라는 값이 붙었다고 한다. 그때 팔지 않았던, 딱히 가치는 없지만 본인들 마음에 드는 우표도 이제 처분하기로 마음먹었다는 것이다.

오래된 것이라 액면가는 낮았지만 도안이 전부 세련되어서 나는 곧바로

"살게요, 사겠습니다."

하며 그 자리에서 돈을 지불하고 파일을 받아왔다. 내 지갑에 들어 있는 정도의 돈으로 이렇게 멋진 도안의 우표를 샀다니 너무 기뻤지만 재고는 당연히 또 늘어났다. 나한테는 실용적인 물건이라도 흥미 없는 사람이 보기에는 편지지류나 우표를 잔뜩 껴안고 있는 건 취미 생활일 뿐이겠지. 때와 경우에 따라서도 물론 달라지고 자기만족일 수도 있지만, 엽서든 편지지든 일필전이든 무늬 없는 간결한 것만 보내는 건 아무래도 재미없다. 좀 더 어딘가에서 친근함을 내비쳐도 좋지 않을까 생각했더니 이렇게 되고 말았다.

홀마크의 '유머 시대극 시리즈' 외에 카드와 무늬 있는 편지지, 봉투 세트는 지 시 프레스G. C. PRESS의 제품이 많다. 에치젠 화지和紙, 미노 화지*로 만든 엽서와 편지지는 만년필로 쓸 때의 감촉이 좋아서 애용하고 있다. '하나마루몬'이라는 엽서는 옅은 색으로 줄이 그어져 있고 그 아랫단 8밀리 정도에 은은한 색깔이 점점이 찍혀 있으며, 무광 은색의 등나무, 국화, 모란 등이 딱 기모노에 새기는 가문家紋 정도의

* 각각 후쿠이현 에치젠시와 기후현에서 만드는 일본의 전통 종이.

크기로 올록볼록 동그랗게 인쇄되어 있다. 엽서지만 조금 격조 높은 분위기인 것이다. 캐주얼한 느낌의 엽서로는 미노 화지로 만든 '와비사이'가 있는데, 네 가지 옅은 색으로 세로줄이 들어가 있다. 마찬가지로 미노 화지 제품인 '사이사이'는 하늘색 사각형 테두리 안에 산뜻한 네 가지 색깔로 세로줄이 그어져 있다. 편지지는 발랄한 전통 문양, 수국과 단풍 무늬 등을 자주 쓴다.

교토의 전통 문구점인 스잔도 하시모토에는 교토풍의 귀여운 물건이 많다. 출산 축하 편지 등에 쓰는 '후미노코' 시리즈에도 종류가 많은데, 봉투에 넣어서 보내기도 한다. 엽서 중에서도 고양이가 데굴데굴 뒹굴고 있는 그림이 그려진 것이 너무 좋아서 재고를 절대로 다 쓰지 않으려고 신경을 쓰며 애용해왔는데, 온라인 숍에 그 제품이 사라져서 솔직히 초조해하고 있다.

심플한 편지지라면 내가 편지와 엽서 쓰기를 좋아한다는 사실을 안 어떤 분이 봉투와 세트로 주신 규쿄도의 제품과 이토야의 오리지널 편지지, 편지봉투를 쓰고 있다. 전통 종이로 만든 제품을 파는 하이바라에는 굿디자인상을 받은 아코디언 주름 편지지가 있는데, 이것도 쓰기 편하다.

큼직한 일필전이 옆으로 이어진 모양인데, 접힌 부분을 따라 작은 구멍들이 뚫려 있어서 필요한 매수로 자를 수 있는 게 특징이다. 이 종류, 저 종류 가지고 있는 게 귀찮은 사람에게는 일필전으로도 편지지로도 쓸 수 있는 이 상품이 편리할 것 같다. 봉투와 세트인 타입도 있다. 또 같은 시리즈로 정말 귀여운 '미니 아코디언 주름 편지지'도 있는데, 세로 9.5센티, 가로 4센티인 앙증맞은 편지지에 세트 봉투까지 딸려 있다. 내가 가지고 있는 건 세로쓰기용뿐인데, 하이바라에서 복각한 작은 지요가미* 상자에 들어 있어 아까워서 쓸 수가 없다. 아코디언 주름 편지지는 무늬가 여러 종류인데 무엇을 봐도 가슴이 설렌다. 어릴 때 성냥갑에 지요가미를 붙여서 소중하게 썼던 것을 떠올리며, 꺼내서 보고 슬며시 미소 짓는다. 나한테 종이는 아름답고 소중한 것이었다. 60년이나 지난 시절의 느낌을 잊지 못해 편지지류를 껴안고 사는 것인지도 모른다.

---

* 일본의 전통 놀이인 종이접기나 종이 인형의 의상, 공예품, 화장품 상자 장식 등에 쓰이는 화려한 무늬의 정사각형 종이.

콩접시, 대접시

평소에 쓰는 식기

가족과 함께 사는 사람들은 그렇다 쳐도 혼자 살면 식기가 없는 사람이 있을지도 모른다. 직접 요리하지 않고 전부 식당에서 먹을 수도 있고, 밖에서 사 가지고 오면 그 용기 그대로 전자레인지에 데워 먹을 수도 있다. 젓가락도 달라고 하면 딸려오고 다 먹으면 그대로 버리면 된다. 이런 생활이라면 식기를 가지고 있을 필요가 없는 것이다.

꽤 오래전에 도예를 가르치는 대학교수에게 들은 이야기인데, 외국 도예가들은 일본 도예가를 무척 부러워한다고 했다. 외국 식기는 접시나 컵 등의 크기가 거의 정해져 있는데 비해 일식 식기를 만드는 일본 도예가는 "다양한 형태의 식기를 만들 수 있어서 좋겠다"라고 했다나. 접시는 크기가

'촌寸*'이라는 단위로 거의 정해져 있지만 꽃이나 동물, 물고기를 본떠 만든 것 등 변형도 많다. 작은 사발이나 무코즈케** 등은 그릇 자체가 단풍잎이나 누에콩 모양으로 만들어져 있기도 하다. 형태는 뭐든 가능할 정도로 자유로운 것이다. 외국 식기도 그 나라의 분위기가 드러나서 가지고 있으면 즐겁다. 씻는 품이 들어서 귀찮은 건 알지만 그런 생활의 즐거움을 모두 놓아버리는 것은 아쉽다.

내가 20대 중반에 혼자 살기 시작했을 때는 하나부터 열까지 모든 것을 내 손으로 마련할 수 있다는 게 못 견디게 즐거웠다. 기본적으로는 심플한 일식용 식기에 밥을 먹지만 가끔은 양식도 만드니까 큼직한 양식 접시도 필요했다. 또 아침 식사를 할 때 카페오레 볼에 카페오레를 담아 마시는 것도 동경했던 터라 그것도 샀다. 그 무렵, 잡화가 주목을 받아 잡화점도 마구잡이로 늘어나서 눈에 띄는 것을 사다 보니 이사할 때 받은 식기장이 금세 꽉 찼다. 최종적으로는 4인 가족 분량 정도 된 것 같다. 그 가운데 쓰기 편한 식

* 약 3.03 센티미터.
** 일본 정식 요리에서 상 맞은쪽에 놓는 요리 또는 그것을 담는 접시.

기는 정해져 있어서 개수가 많다 해도 일상적으로 사용하는 건 몇 개밖에 없었다. 그리고 어째서인지 비싸서 눈 딱 감고 산 것부터 깨지거나 이가 빠지는 바람에 싸고 튼튼한 식기만 남게 되었다.

그다음 이사 때 기회다 싶어서 식기를 줄이기로 하고 보니 모두 일식용 그릇으로 대체할 수 있다는 사실을 깨달아서 양식 그릇은 모조리 처분했다. 특히 무늬가 마음에 들어 산 양식 그릇 일부는 갖고 싶다는 친구에게 줬지만, 자주 쓰던 것은 낡아서 주기가 좀 그랬던 탓에 처분했다. 반면, 공간을 잡아먹지 않아서 그랬는지 작은 접시나 작은 사발 같은 건 전부 들고 이사했다. 작으니까 언제든 처분할 수 있다고 생각했기 때문이었다. 그 뒤 좀 더 넓은 집으로 이사했을 때는 집에 오는 손님이 많아져서 나는 안 마시지만 와인 잔과 바닥이 넓은 유리잔 등을 6인분 구입했다.

그런 과정을 거쳐 지금 집으로 이사를 오고 30년 가까이 흘렀는데, 언제부턴가

'손님이 집에 왔을 때 차는 내지만 식사는 대접하지 않는다'라는 원칙을 정해서 그 컵들과 초밥용 그릇도 처분했다. 손님에게 식사 대접을 하지 않으면 내가 쓸 식기 1인분만

있어도 되므로 다시 식기 대부분을 처분했다. 또 스님이 쓰는 발우라는 그릇을 알게 되었는데, 나는 그것만 있으면 충분할 듯하여 주문하고부터 3개월을 기다려서 손에 넣었다.

발우는 전부 다섯 개의 크기가 다른 그릇이 착착 포개지는 형태라서 이 한 세트로 밥부터 메인 반찬, 절임까지 다 담을 수 있다. 머릿속으로는 식기는 발우만 쓰자고 생각하며 매일 발우에 음식을 담아 먹었는데, 점점 재미가 없어졌다. 발우를 쓰는 스님들은 사심 없이 이것으로 평생 식사를 할 수 있을지도 모르지만 내게는 여전히 욕망이 있었다. 처음에는 이것이 멋진 식사 풍경이라 생각했지만 질리기 시작한 것이다.

'식탁에 무늬가 조금은 있어도 되지 않을까.'

그것은 예전에 하얀 식기에 푹 빠져서 세트로 갖추었을 때와 같은 느낌이었다.

'매일매일 하얀 식기라니⋯⋯. 이게 즐거운 걸까.'

그런 생각이 들자 식사가 너무 재미없어졌던 것이다.

전에도 그런 적이 있었으니 생각을 좀 했다면 좋았을 텐데, 뭐든 도구부터 얼른 갖추려고 하는 나는 또 실패했다. 저렴하지는 않은 발우를 어쩔까 고민하던 중 마침 엄마

가 놀러 와서,

"이거 필요해?"

물었더니

"필요해, 필요해."

하고 크게 기뻐하며 가져가 한숨 놓았다.

'필요 없는 물건 정리하기'라는 나만의 유행은 그 뒤로도 지금까지 이어지고 있는데, 나에게 느닷없이 발우가 또 왔다. 친구가 누군가에게 받았는데 자기는 안 써서 보냈다고 한다. 내가 발우를 처분한 이유를 말했더니

"흠, 그래도 써줘"라고 한다.

'그래, 또 우리 집에 왔단 말이지.'

하며, 넣어두는 것도 아까우니 가끔 쓰고 있다.

발우에도 여러 가지 모양이 있는 듯, 엄마가 가져간 건 가장 큰 그릇이 아래에서 위를 향해 입을 벌리게 겹쳐져 있었고 테두리도 둥그스름했다. 하지만 이번 것은 크기가 다른 밥그릇이 위아래로 포개진 모양이다. 지난번 발우를 처분한 때로부터 10년 넘게 지났는데, 앞으로의 노후를 생각하면 이 발우와 큰 접시 한 장, 거기에 찻잔과 컵 정도로 충분할지도 모르겠다고 생각하게 됐다.

요전에 어느 미니멀리스트 여성의 SNS를 봤더니 그가 가지고 있는 식기는 머그컵과 나무 볼, 큼직한 접시 하나씩뿐이었다. 부엌은 겉으로 나와 있는 물건 없이 반짝반짝하게 닦여 있었다.

"멋져!"

너무나도 말끔해서 감탄이 나왔다.

나는 요리를 비롯한 집안일에는 그다지 시간을 쓰고 싶지 않고, 설거지를 싫어하지는 않지만 설거짓거리도 최선을 다해 줄이고 싶다. 밥우는 콤팩트하게 수납할 수 있는 게 장점이라도 개수로는 다섯 개다. 그것보다 미니멀리스트 여성이 가진 그릇 수가 훨씬 적다.

또 예전부터 마음에 드는 생활상이 있으면 잡지를 오리거나 인터넷의 사진을 프린트해 모아둔 스크랩 봉투를 꺼내 보니, 나보다 대여섯 살 아래인 듯한 혼자 사는 여성의 식기가 가로 20센티, 세로 30센티, 높이 12센티쯤 되는 플라스틱 케이스에 다 들어 있는 사진이 나왔다. 그것도 빼곡하게 들어찬 게 아니라 한참 여유가 있었다. 그리고 그 사람의 부엌 역시 반짝반짝하게 닦여 있었다.

'확실히 이것만으로 생활은 충분히 할 수 있겠구나.'

나는 그들의 청렴한 생활상을 본받아야겠다 여기고, 식기 수를 더 줄일 수 있겠다고 생각하며 서랍에 들어 있는 식기를 전부 꺼내봤다.

2, 3년쯤 전에 어느 책에서 내가 가지고 있는 식기에 관해 쓴 적이 있는데, 그 뒤로 라인업이 조금 바뀌었다. 밥그릇, 5촌 5분五寸五分* 접시 한 장, 지름 11센티쯤 되는 작은 접시 두 장. 이건 20년도 더 전에 엄마와 교토를 여행할 때 유명한 골동품점에서 샀는데, 접시 크기가 소량의 반찬을 담거나 간식을 담기에도 아주 편해서 앞으로도 계속 쓰고 싶다. 그밖에는 식탁에 포인트를 줄 수 있는 작은 사발, 절임이나 간소한 반찬 등을 조금씩 담는 콩접시 몇 개, 생선구이나 반찬을 조금씩 담는 직사각형 접시와 같은 소재의 작은 사발, 녹차용 찻잔과 발우.

서양 식기 중에서는 로얄코펜하겐의 '블루 플루티드 메가' 시리즈를 좋아해서 카레 같은 것을 담아 먹는다. 지름 25센티인 대형 딥 플레이트와 손잡이 없는 다용도 컵이 하

---

* 약 17센티미터.

나 있다. 그리고 무겁지만 처분할 결심이 서지 않는 아라비아의 '파라티시' 옐로 시리즈 중 접시와 볼, 무민 머그잔 세 개, 코스타보다의 여름용 유리 접시, 이딸라의 '카스테헬미' 시리즈 중 작은 볼과 손잡이 달린 볼, 각기 다른 유리컵 세 개, 그 외에 손님용 녹차를 우리는 찻주전자, 찻종과 찻잔 접시가 세 개씩이니 역시 많다.

지금은 이 식기들이 수납장에 터질 듯이 들어 있는 건 아니지만, 가지고 있는 식기가 딱 세 개이거나 무릎 위에 얹을 수 있는 케이스에 다 들어갈 정도의 분량으로 살아가는 사람이 현실에 존재하다 보니

'이렇게 많아서 뭐 하나.'

하며 솔직히 한숨이 나온다. 더 적어도 분명 생활할 수 있다. 하지만 그걸 처분하지 못한다. 그때그때 나름대로 도움이 되기 때문이다. 같은 남색이나 갈색 식기라도 무늬가 있거나 재질과 색깔이 다르면 나의 발전 없는 요리에도 변화가 조금 생긴다. 다양한 요리를 만들 수 있는 사람이라면 상관없겠지만 원래 요리를 좋아하지 않는 내게는 직접 요리를 할 때 흥을 돋울 계기가 필요하다. 대단한 건 아니라도

'노란 콩접시에 후키미소*를 살짝 덜어서 담자'라거나 평소에는 홍차를 마실 때 아무것도 안 넣지만 '무즙을 담은 컵에 레몬을 썰어 넣고 홍차를 우려보자'라는 등 변화가 필요한 것이다.

이런 이유로 작은 사발과 콩접시가 슬금슬금 늘어났다. 나의 '이 정도는 괜찮겠지'주의가 이런 결과를 초래한 것이다.

요리를 잘하는 친구에게 상담했더니

"어차피 음식 담는 용도로 안 쓴다면 파라티시는 화분 받침으로 쓰는 게 어때?"라고 한다. 아아, 그런 방법도 있네, 하며 관엽 식물의 화분 밑에 뒀더니 나름대로 어울렸다. 그 친구의 지인인 어느 유복한 댁 어머님은 신혼 당시부터 티세트를 모으는 게 취미여서 적게는 여섯 피스, 많게는 스물한 피스가 커다란 식기장 여섯 대분과 창고에 가득 차 있었다고 한다. 그 어머님은 몸이 안 좋아져서 요양원에 들어갔고, 어머님 대신 친정으로 돌아온 딸 부부는 자신들에게는 쓸모없는 식기의 어마어마한 양에 깜짝 놀랐단다. 처분하

* 머위의 어린 꽃줄기를 다져 넣고 볶거나 이긴 쌉쌀한 된장.

는 데 일주일이 걸려 부부가 둘 다 허리가 나갈 뻔했다나.

"그러니까 나이를 먹으면 물건은 뭐든 줄여야 해."

그 친구한테 몇 번이나 이런 소리를 듣고도 실행을 못 하는 나 자신에게 화가 난다.

'로얄코펜하겐의 큰 접시는 설거지가 귀찮을 때 요리를 모아 담으면 편하고, 작은 사발도 섬세한 손 그림이 있어서 좋은데.'

이런저런 핑계로 결단을 내리지 못하는 가운데 현시점에서 필요 없는 것은 무엇일까 생각했더니 최종적으로 발우라는 결론이 났다. 전에는 발우만 있으면 모든 식기를 대체할 수 있다고 그만큼 생각했으면서 지금은 가장 필요 없는 물건이 되고 말다니, 한심할 따름이다. 밥그릇도 국그릇도 감촉이 똑같은 게 나로서는 용납이 안 되는 것이었다. 밥그릇은 묵직한 도기나 자기, 국그릇은 그보다 가벼운 나무 느낌이 좋다. 식기는 손에 드는 물건이니 역시 저마다 차이가 느껴졌으면 하는데, 손에 전해지는 감촉이 모두 똑같은 게 나한테는 별로라는 것을 깨달았다.

발우는 장인이 나무를 깎아 옻을 한 겹 한 겹 솔로 칠한 정성을 생각하면 쉽사리 처분할 수 없었다. 그걸 준 친구에

게 연락해서 사정을 설명했더니

"응, 내가 가져갈게. 요즘은 식탁에 빨간색이 좀 있으면 좋겠다 싶었거든"이라고 말했다. 나는 안심하며 답례로 손수건과 행주를 함께 넣어 반송했다. 그리고 앞으로는 엄선해서 개수를 줄여나가기만 할 거라고, 자신에게 강하게 다짐을 두었다.

문짝 달린 목제 책장

쇼와 책장의 정취

내 부모님은 딱히 책을 좋아하지 않았다. 어릴 적에 아버지가 그림 그리는 일을 해서 참고용으로 썼던 두껍고 무거운 서양 화집과 사진집이 가득했지만, 그것들은 아버지의 업무용 책상 주변 다다미 위에 쌓여 있었다. 엄마한테 듣기로는 내가 책을 좋아한다는 것을 알았던 세 살 무렵부터 갖고 싶어 하는 책과 레코드는 뭐든 사줬다고 한다. 손을 잡고 산책을 하다가 서점이 가까워지면 엄마 손을 뿌리치고 종종걸음으로 그 안에 들어가, 시멘트 바닥에 털썩 주저앉아 손이 닿는 책장에 있는 그림책을 마음대로 꺼내서 책장을 넘기기 시작한다고 했다. 엄마가 책을 보여주며

"이걸로 할래?"라고 물어보면 갖고 싶을 때는 고개를 끄

덕이고 그렇지 않을 때는 고개를 좌우로 흔들며 의사표시를 했던 모양이다. 나조차 어떤 기준으로 판단했는지 모르겠지만 어린아이라도 표지를 보고 갖고 싶은 책과 그렇지 않은 책을 판별한 거겠지.

상황이 그랬으니 눈 깜짝할 사이에 책장이 꽉 찼다. 좀 커서 우리 집 책장이라고 인식한 물건은 내가 대학생이 된 뒤로도 썼는데, 폭 80센티에 두께 20센티 정도였다. 높이는 못해도 180센티는 되었다. 그 책장에는 언제나 내 책이 터져나갈 듯 꽂혀 있었고 그 주위에도 쌓여 있었다. 다 본 책은 부모님이

"이거 필요해?"

하고 물어봤을 때

"필요 없어"라고 대답하면 사촌들에게 보냈다. 어쩌면 그 책장에는 아버지 책이 계속 꽂혀 있었는데, 아이가 태어난 뒤로 높은 책장에 두꺼운 책이 꽂혀 있으면 위험하니 책을 업무용 책상 주변으로 옮기고 나를 위해 비워준 것인지도 모른다.

초등학교 저학년 시절에는 어딘가에 놀러 가서 자고 올 때도 반드시 책을 들고 갔다. 기차를 타고 가는 장거리 이동

이니 가지고 있는 책 중 두꺼운 것은 두 권 정도, 얇은 것이라면 네 권 정도 들고 갔는데, 당연히 드는 사람은 부모님이었다. 그것도 가는 길에 기차 안에서 모조리 다 읽고는

"읽을 게 없어졌어."

하며 지루해했다. 그 말을 들은 부모님은

"책은 여러 번 반복해서 보는 것이니 한 번 더 읽으렴."

했지만 이미 이야기의 내용을 알아버렸으니 딱히 흥미가 생기지 않았다. 그저 책장을 처음부터 획획 넘길 뿐, 금세 마지막 장까지 넘기고는

"이제 필요 없어."

하며 책을 부모님께 들리고 내내 창밖을 바라봤다. 그때마다 엄마는

"또 짐이 늘었구나. 네가 읽고 싶대서 일부러 가지고 온 거잖니."

하며 혼냈다. 하지만 부모님으로서는 외출할 때 책을 들고 가겠다는 딸에게 가져가지 말라는 말은 할 수 없었는지, 기차 안에서 늘 부모님과 싸움이 일어났다. 그 뒤 아버지가 자가용을 사고부터는 차 안에서 책을 읽으면 속이 울렁거린다는 것을 깨달아 외출할 때 책을 들고 가지 않게 되었다.

도감과 어린이용 문학 전집이 늘어나자 내 책은 복도와 다다미 위, 툇마루에 더더욱 쌓여갔다. 그걸 보면 엄마는 늘 "필요한 책과 필요 없는 책을 구분하렴. 필요 없는 건 사촌들 주게"라고 했다. 하지만 내가 "책은 몇 번이나 반복해서 보는 거니까 필요하다거나 필요 없다고 말할 수 없어"라고 하면 입을 다물었다. 그러고 다시 2주쯤 지나면 "필요한 책과 필요 없는 책을……"이라는 말을 꺼냈고, 또 나도 같은 대답을 하는 것의 반복이었다. 결국은 끈기에 진 부모님이 새 책장을 사줬다. 그 책장은 목제가 아니라 철제였던 것 같다. 책을 꽂을 때 나무로 만든 책장과는 달리 차가운 느낌이 들었지만 새 책장이 와서 무척 기뻤다.

초등학교 4학년 때는 그래픽 디자이너가 된 아버지가 우리 집 역사상 가장 많은 수입을 올려서, 대형 출판사의 임원이 가지고 있던 집을 빌려 살았다. 정원이 넓고 노출 콘크리트에 수세식 화장실이 있는 세련된 집이었다. 거실의 한 면 전체가 커다란 붙박이 책장이었는데, 거기에는 그전까지 아버지의 작업용 책상 옆에 쌓아뒀던 화집과 사진집을 꽂았다. 아이 방 대신 아버지가 정원 한구석에 6첩疊*짜리 내 전용 조립식 주택을 만들어줘서 책장 두 개는 거기에 뒀다. 만화책과 소년 소녀 대상의 만화 잡지도 사 모았던 터라 책 과 잡지는 늘어나기만 했다.

그런데 내 중학교 입학을 앞두고 눈 깜짝할 사이에 가세 가 기울어서 우리 가족은 원래 크기의 3분의 1 정도 되는 집으로 이사하게 되었다. 그 집의 4첩 반짜리 내 방에도 붙 박이 책장이 있었다. 하지만 가져온 책이 전부 들어가지 않 아서 필요 없는 것을 선별해 사촌들에게 보냈다. 그 뒤로는 친구와 책을 서로 빌려주거나 학교 도서실을 이용하며 되 도록 책을 늘리지 않았다.

그 후 방 세 개짜리 맨션으로 이사를 했는데, 내가 스무 살 때 부모님이 이혼해서 아버지가 집을 나갔다. 책장 두 개 는 내 방에 놓여 있었지만, 필요 없는 책은 벽장과 책상 주 변에 쌓아뒀다. 이혼해서 생기를 되찾았는지 어머니는 매 일 신이 나 있었고, 학창시절의 반 모임에 갔을 때 선생님이

---

* 다다미 한 장 넓이에 해당하는 단위로 1첩은 약 1.66제곱미터.

가구점을 한다는 소식을 듣고는

"책장 주문했어."

하며 들고 온 카탈로그를 가리켰다. 나는 아무런 부탁도 하지 않았는데 당시 유행이 시작된 슬라이드식 대형 책장, 그것도 최고급 목재로 만든 제품을 마음대로 산 것이다. 게다가 '사주는' 것이라면 그나마 괜찮았을 텐데 돈을 내는 사람은 나였다. 20만 엔에 달하는 기절초풍할 가격이었으니 학생이 지불할 수 있는 금액이 아니었다. 당시 나는 내 학비와 용돈까지 전부 서점 아르바이트로 조달하고 있었다. 어째서 그런 걸 샀느냐고 화냈더니

"네가 책이 다 안 들어간다고 했잖아. 할부로 해달라고 하면 돼"라고 했다. 분명 책은 책장에서 넘쳐났지만 딱히 그런 터무니없이 비싼 물건을 사지 않아도 지극히 평범한 책장으로 충분했다. 허세가 있는 엄마는 선생님 앞에서 좋은 모습을 보여주고 싶었겠지.

그 피해를 본 게 나다. 우리 집으로 배달된 벽처럼 거대한 슬라이드식 책장은 수납력은 확실히 좋았지만 대학교수님 댁이라면 또 모를까, 평범한 학생의 다다미가 깔린 비좁은 방에는 안 어울리는 물건이었다. 그전까지 내 방에 있

었던 책장은 남동생 방으로 옮기고, 그 커다란 벽 앞에서 대량의 책들을 올려다보며 뭔가 잘못되었다고 생각하면서 잠을 잤다.

그 거대한 책장은 마흔 살쯤 되었을 때 아는 사람에게 줘버렸다. 다른 물건은 거의 없지만 책만은 적을 때는 3천 권 정도, 많을 때는 5천 권 정도 가지고 있었다. 그 책들을 이고 지고 이사를 다녔는데, 너무 양이 많아서 나조차 곤란했기에, 큰 책장이 있으면 자꾸 책을 사니까 이제부터는 작은 책장으로 바꾸고 거기에 수납되는 만큼만 가지고 있자고 생각했다. 일단 엄마에게

"책장은 친구 줬어"라고 알렸더니

"어머, 그래?"

할 뿐이었다. 본인은 돈을 안 냈으니 어떻게 되든 상관없는 거겠지, 하고 얄미워하며 압박감이 사라진 방을 보고 상쾌함을 느꼈다.

그 뒤 동네 골동품 가게에서 산 것이 지금 쓰는 책장이다. 예스러운 목제 책장을 갖고 싶어서 보러 갔는데 문짝 달린 것에 마음을 빼앗겼다. 어릴 적 이런 책장을 동경했던 기억이 떠올랐다. 친구 집에 놀러 가면 친구 아빠 방에 놓여 있

는 이런 책장에 두껍고 어려워 보이는 책이 빼곡히 꽂혀 있었다. 크기는 높이 150센티, 폭 90센티, 두께 32센티였는데, 내 키보다 높은 책장은 이제 안 사겠다고 결심했던 터라 그 조건과도 딱 맞았다.

흰 벽에 마룻바닥인 거실 겸 부엌과는 분위기가 안 어울려서 입주 때부터 회색 카펫이 깔린 방에 두었다. 이 방은 원래 작업실이었지만 고양이를 거둔 뒤로는 여기서 일을 하면 큰 소리로 울면서 몇 번이고 나를 찾으러 오는 통에 결국 일은 거실 겸 부엌의 식탁에서 하게 되었다. 그래서 이곳은 비축해둔 일용품과 계절에 안 맞는 침구, 그리고 책을 두는 방이 되었다.

책은 점점 줄이고 있으니 이 책장에는 앞으로도 절대 처분하지 않을 책을 뒀다. 꽂혀 있는 건『오자키 미도리* 전집』『히구치 이치오** 전집』『히구치 이치오 서간집』『히구치 이치오 사전』『바킨*** 일기』『요곡집謠曲集****』『단양정일승

---

* 근대 일본의 소설가.

** 근대 일본의 소설가로 5천 엔권의 모델.

*** 에도 시대 후기를 풍미한 이야기체 소설(요미혼)의 작가 교쿠테이 바킨.

**** 일본의 전통 가면 음악극인 노가쿠能樂의 대본집.

斷腸亭日乘* 』『제아미** 예술론집』등 상자 딸린 두꺼운 책이 많고, 그밖에 사전류, 고양이 책도 포함한 사진집, 다시 읽을 가능성이 있는 문고본, 수제 고우타小唄*** 악보, 노래집 등도 있다. 여기에 꽂혀 있는 책 대부분은 처분하지 않을 생각이지만 『요곡집』처럼 발췌독만 하고 통독은 안 한 책도 있어서 읽어보고 그 결과에 따라 처분할 가능성도 있다.

문짝이 안 달린 지극히 일반적인 책장은 두 개 있다. 그중 한 책장에는 단행본, 문고본, 만화책, 일본 재봉, 수예, 뜨개 관련 책, 잡지 등을 두는데, 아래 단에는 세로로 꽂히지 않는 잡지와 책을 가로로 쌓아놨다. 위 단에는 뒤쪽에 단행본, 앞쪽에 문고본이 이중으로 꽂혀 있고 그렇게 해도 부족하면 문고본을 가로로 꽂아 수납 권수를 늘인다. 다른 책장에는 마음 같아서는 얼른 처분하고 싶지만 그럴 수 없는 세금 신고서와 각종 세금 통지서, 영수증 파일이 7년분 있다. 총 계정원장****도 7년분을 보관해야 하는 모양이다. 파일 중 일

---

* 　근대 일본의 소설가 나가이 가후의 일기.
** 　노能를 다듬어 완성한 연기자 겸 이론가.
*** 에도 시대 말기에 유행한 사미센 가곡.
**** 회계에 관련된 모든 계정을 기록한 문서.

부는 높이 때문에 세로로 꽂을 수 없어서 가로로 쌓아두고 있다.

나의 일상생활에는 필요가 없는 이 세금 관련 파일들을 넣고 남은 공간에 단행본과 문고본을 가로로 쌓아서 꽂을 수 있을 만큼 꽂아뒀다. 가끔 가로로 쌓인 문고본이 균형을 잃고 풀썩 떨어지기도 하니 여기도 정리를 해야 한다. 젊은 시절에 비하면 잘도 백 권 단위까지 줄였다고는 생각하지만 한 단계 더 줄일 필요가 생겼다. 어쨌거나 이 나이가 되니 몸에 부담이 가는 건 최선을 다해 피하고 싶다. 몇 개월에 한 번씩 바자회 개최 안내장이 오면 뭐 보낼 것 없나 하며 책장 앞에 서서 박스를 옆에 두고 책을 착착 담는다. 그때마다 세 박스에서 다섯 박스 정도를 보낸다.

"아아, 후련하다."

하고 기뻐하지만, 얼마 못 가 또다시 책장이 꽉꽉 찬다.

동년배 친구들 중에는

"그러니까 노인한테는 자리를 차지하지 않는 전자책이 좋아"라고 말하는 사람도 있다. 예전보다 화면도 읽기 편하게 되어 있는 모양이다. 하지만 나는 아무래도 책의 감촉을 좋아한다. 장정은 물론 종이의 질감과 만듦새의 세세한 부분까지 감상하며 즐기고 싶다. 그저 글씨만 읽을 수 있으면 된다고는 생각하지 않는다. 그러나 나는 명백하게 책을 더 줄여야 한다. 이상적인 모습은 앞뒤 이중으로 꽂힌 책, 가로로 쌓여 있는 책을 없애고 가로 한 단에 모든 책의 제목이 보이도록 하는 것. 지금은 책을 찾을 때 고개를 세우기도 하고 눕히기도 해야 해서 귀찮다. 앞으로도 책을 계속 살 거라면 책장 한 단은 비워두고 싶다. 물론 책장을 줄이는 일은 있을지언정 늘릴 생각은 전혀 없다.

얼마 전, 바자회 안내장이 왔다. 좋은 타이밍이라며 기뻐하긴 했지만 이제부터 선별을 위한 고뇌가 시작된다. 고뇌 어린 선택을 거쳐 남은 것이 지금 책장에 있는 책이니 이미 쥐어짠 것에서 아직도 쥐어짤 것이 남아 있을까 싶기도 하다. 책장 앞에 박스를 놔두고 머리를 감싸 쥐는 나날이다.

벨레다, 보디 시트

어쩔 수 없는 땀 대책

여름이 되면 아무래도 땀이 신경 쓰인다. 10대 시절에도 신경 쓰이긴 했지만 그때는 지금처럼 데오도란트 제품이 없었다. 있었던 건 지금도 판매하는 반Ban이라는 롤 온 타입 제품 정도였다. 하지만 그건 무향이 아니라 꽃향기가 나서 학교에는 바르고 가지 못했기 때문에 등교할 때는 베이비 파우더를 바르고 갔다.

중학생 때 같은 반의 P라는 남자애가 갑자기 꽃향기를 풍기며 등교했다. 여자애들은 금세 반의 향기라는 것을 눈치채고

"어쩐 일이지? 저런 향기를 풍기고 말이야."

"누나가 있으니까 누나 것을 몰래 쓴 거 아닐까?"

하며 교실 구석에서 소곤거렸다.

남자애들은 P 군이 지나간 뒤 냄새를 맡고는

"엇, 저 녀석 향수 뿌리고 왔어."

하고 야단법석을 부렸다. 그렇지 않아도 시끄러운 남자 중학생들은

"어떻게 된 거야, 뭘 뿌린 거야?"

"너 인마, 여자 같아."

하며 흥분해서는 P 군에게 연거푸 질문을 퍼부었고, P 군은 새빨개진 얼굴로

"나를… 오늘은 좀 내버려둬……."

하고 기운 없이 말했다. 그런 모습을 보며 여학생들은 쓴웃음을 지을 수밖에 없었다.

수업 중에 교실을 걸어 다니던 선생님이 P 군 가까이 오더니

"어? 좋은 냄새가 나는데?"라고 말했다. P 군은 새빨개진 얼굴로 고개를 숙였고 다른 아이들은 쿡쿡 웃었다. 주위를 둘러보는 선생님 옆에서 P 군은 있는 힘껏 겨드랑이를 조인 자세로 몸을 웅크렸고, 세워둔 교과서로 새빨간 얼굴을 숨기고 있었다.

"선생님, P가 뭘 뿌리고 왔어요."

제일 뒷줄에 앉아 있던, 반에서 가장 목소리가 크고 수다스러운 남자애가 목청껏 외치자 P 군은

"으아아~."

하는 소리를 내며 책상에 푹 엎드렸다.

"그랬니?"

질문을 받은 P 군이 조그맣게 고개를 끄덕이자 선생님은 히쭉 웃으며

"교실에서 좋은 냄새를 풍기면 친구들 마음이 설레잖아."

하고는 다시 수업을 시작했다. 모두가 힐끔힐끔 P 군의 모습을 훔쳐봤는데, 그는 여러 차례 한숨을 쉬며 반소매 교복 셔츠 위로 몇 번이나 겨드랑이를 만지고 있었다.

P 군과 같은 동아리여서 사이가 좋았던 여자애가 그에게 들은 이야기를 방과 후에 전해줬는데,

"땀이 신경 쓰여서 뭐 좋은 방법 없을까 하다가 욕실 장을 열었는데 반이 있어서 발라봤거든. 그랬더니 겨드랑이에서 좋은 냄새가 나서 깜짝 놀랐어. 겨드랑이를 씻으려고 했지만 그러면 지각할 것 같아서 그대로 학교에 왔지. 냄새가 금방 사라질 줄 알았는데 계속 나더라."

하며 풀이 죽어 있었다는 것이다. 우리는

"역시 누나 것을 썼네."

"바를 때 눈치를 못 챈 걸까."

"학교에는 가야 하니까 급하게 바른 거 아냐?"

하며 이때만큼은 여자들과 같은 고민거리를 가지고 있는 가여운 P 군을 걱정했다.

당시는 남성용 데오도란트 계열 제품이 없었던 것 같다. 내가 기억하는 땀 방지 대책은 명반을 물에 녹여서 하루 둔 다음 희석해 겨드랑이에 바르면 좋다고 잡지에 쓰여 있었던 건데, 대부분 남자는 그런 방법을 써보지도 않았을 것이다. 분명 땀이 나면 나는 대로, 냄새도 나면 나는 대로 뒀을 것이다. 하지만 그로부터 수십 년이 지난 지금, 여자는 물론 남자도 땀과 냄새 문제에서 벗어나지 못하게 되었다.

현대는 땀과 냄새를 허용하지 않는 시대가 되고 말았다. 냄새라면 방지하는 상품도 잔뜩 나와 있지만 땀은 흘리는 것 자체를 완전히 막을 수 없다. 오히려 땀을 흘리지 않는 편이 위험하니까 땀에 대해서는 좀 더 관용적이어도 좋을 텐데. 그러나 조금이라도 옷이 땀에 젖으면 내가 그렇게 되는 것은 물론이고 남의 모습을 보는 것도 꺼리는 풍조가 만

연해 있다.

젊은 사람은 아직 괜찮지만 내 나이가 되면 땀과 함께 문제가 되는 게 노인 냄새다. 대체로 냄새란 풍기는 본인이 가장 모르는 모양이니 그 점이 곤란하다. 동네 마트에 가면 내 동년배거나 좀 더 나이가 많아 보이는 사람을 스쳐 지났을 때

'어?'

하고 느낀다. 그렇다면 나 역시 모르는 사이에 남에게 폐를 끼치고 있을 수도 있겠네, 하며 신경이 쓰인다.

나는 피부가 약해서 매년 초여름에 기온이 올라 그해 처음으로 땀을 흘리면, 아직 피부가 땀에 적응이 안 되어 땀띠가 나고 가렵다. 며칠 지나면 피부도 익숙해지는지 가려움이 가라앉지만, 그 일주일 정도가 괴롭다. 그것을 극복하고 한여름이 되어 연일 땀을 흘리는 시기가 오면 이번에는 냄새가 신경 쓰인다. 겨울에는 피부가 건조해지지 않도록 비누로 씻는 건 되도록 자제했지만 겨울 말고는 매일 목욕할 때마다 비누를 썼다. 젊은 시절에는 벅벅 문질러 씻었는데, 그 방법은 피부에 부담을 주므로 좋지 않다고 들어서 그 뒤로는 비누 거품을 내어 부드럽게 문지르는 정도로 씻었다.

하지만 그것만으로는 슬슬 걱정되기 시작했다.

　보통은 밤에 욕조에서 통 목욕을 하고, 이에 더해 5, 6월은 땀이 나는 더운 날에, 7, 8월은 매일 아침에 샤워까지 하게 되었다. 그런데 아침 샤워 때 평소의 비누를 써도 땀 냄새에는 별로 효과가 없는 듯한 기분이 들었다. 일을 하면서 문득

　'혹시 나, 냄새나나?'

　하고 느끼기도 했다. 같이 사는 노묘가

　"너 냄새 나."

　하고 솔직하게 알려주면 좋겠지만 그건 불가능하다. 몸을 씻을 때 쓰던 건 올리브가 원료인 수제 비누였는데, 데오도란트 효과는 없었다. 여름철 샤워 때는 용도에 맞는 것을 쓰는 편이 좋겠다 싶어서, 몇 해 전의 무더위 때부터 여름에만 샤워 젤과 보디 소프를 쓰게 되었다. 예전에 기초화장품을 썼던 벨레다의 제품이다. 합성보존료, 합성착색료, 합성향료, 광물성 기름을 전혀 쓰지 않아서 유통기한이 있다. 바이오다이나믹 농법으로 유기농 재배한 원료와 야생 식물을 사용하며 스위스 본사에서는 동물 실험을 일절 하지 않는다.

몇 가지 종류가 있었는데, 우선은 남색 '샤워 젤'과 핑크색 '와일드로즈 크리미 보디 워시'를 사봤다. 남색은 일단 남성용이지만 남녀 공용으로 쓸 수 있는 허브 향이고 오일이 안 들어 있다. 핑크색은 부드러운 향기가 나며 남색보다 촉촉한 느낌이었다. 한여름에 쓰기에는 허브 향 제품이 산뜻했고 향도 달콤하지 않아서 내 취향에 잘 맞았다. 하지만 와일드로즈의 향기도 포기하기 힘들어서 그때그때의 기분과 기온에 따라 구분해 쓰고 있다.

그러다 얼마 뒤 좀 다른 것도 써보고 싶다는 생각에 같은 브랜드 제품 중 오렌지색 '아니카 스포츠 에너자이징 샤워 젤'과 황록색 '시트러스 크리미 보디 워시'도 사봤다. 아니카는 로즈마리와 라벤더 향이 주로 쓰여서, 나는 좋았지만 개성이 좀 강해 향기 취향에 따라 호불호가 갈릴 수도 있다. '스포츠 샤워 젤'이라고 되어 있으니 운동 전후에는 쓰기 좋은 듯하다. 시트러스는 감귤계 향인데 강하지는 않았다. 나는 특히 남색의 허브 향과 핑크색의 와일드로즈 향이 마음에 든다.

집에 있을 때는 아침 샤워로 충분하지만 외출할 일이 있으면 또 다른 땀 방지 대책이 필요해진다. 여름철에는 쭉 태국의 허브가 원료인 데오도란트 제품을 썼는데 원료 부족으로 인해 오랫동안 품절 상태였다. 다른 상품을 찾아야만 해서 메이드 오브 오가닉스의 유기농 성분 배합률이 98.9퍼센트인 '드 롤 온 이엑스 쿨 아이스민트'를 썼고, 또 작년부터 무더위에 굴복하고 같은 브랜드의 유기농 배합률 98.4퍼센트인 '드 보디 미스트 이엑스 쿨 아이스민트'도 사용하게 되었다. 롤 온 타입은 몸에 딱 붙는 옷을 입을 때는 로션 제형이라 옷에 자국이 남을 가능성도 있으니 그런 경우에는 미스트로 대체하는 정도로 구분해 쓰고 있다.

또 여름철에 기모노를 입을 때도 땀은 큰 문제다. 아침에 샤워를 해도 기모노를 입는 도중에 땀이 솟구쳐서 다 입으면 매번 땀투성이가 된다.

"입을 때 에어컨을 틀어서 방을 20도 이하로 시원하게 해두면 돼."

하고 누군가 알려줬지만, 우리 집에는 노모가 있으므로 짧은 시간이라고는 해도 급격하게 방 온도를 낮추는 건 망설여진다. 그래도 땀이 줄줄 나는 건 괴로우니 바로 옆에 선풍기를 틀어놓고 버틴다. 그런데도 땀이 나니까 대책이 필요하다. 외출할 때는 작은 보냉제를 손수건으로 감싸고 방

수 처리된 주머니에 넣어서 들고 다니기도 한다. 그걸 손에 쥐거나 목덜미에 갖다 대면 무더위에도 어떻게든 기모노 차림으로 외출할 수 있다.

기모노를 입기 전에는 만일에 대비해 민감성 피부용 보디 시트로 땀을 닦았는데, 그걸 평상복을 입을 때도 쓰면 진한 색 옷의 팔 접히는 부분 등 땀이 잘 차는 곳이 하얗게 얼룩졌다. 기모노는 여름용 하다기나 주반*이 대체로 흰색 또는 아주 연한 색이라서 눈에 띄지 않지만, 그 성분이 옷에 달라붙는 게 싫어서 쓰는 것을 관뒀다. 나중에 안 사실인데 여성용 보디 시트에는 피부를 보송보송하게 만들기 위한 파우더가 함유되어 있어서 마르고 나면 하얀 자국이 떠오르는 경우가 있다고 한다.

이것저것 정보를 모은 결과, 기모노를 입을 때는 파우더가 안 들어 있는 남성용 보디 시트가 좋다고 들어서 기모노용으로 구입하게 됐다. 하지만 지금은 남성용이라도 파우더가 배합된 제품도 있다 하니 이제 성분을 확인해야 한다.

* 둘 다 기모노 안에 입는 속옷.

무향료라면 나는 어느 브랜드건 전혀 상관없어서 드러그 스토어에서 아무거나 산다. 마침 우리 집에 있는 건 '개츠비 아이스 데오도란트 보디 페이퍼'였다. 맨톨 성분이 들어 있어서 몸을 닦으면 서늘한 느낌이 드는데, 그것도 이제부터 껴입을 게 여러 벌인 기모노를 걸칠 몸에는 고마운 일이다. 알코올이 들어 있어서 피부가 약한 나는 몸을 몇 번씩 닦으면 붉어지지만 지금은 아프거나 가렵지 않으니 그냥 쓴다.

또 사실인지 아닌지 잘 모르겠지만 남성용 보디 시트로 몸을 닦으면 모기에 안 물린다고 들었다. 그게 정말이라면 세상에서 모기를 가장 싫어하는 내게는 최고의 상품이다. 실제로 남성용을 썼을 때는 모기에 물리지 않았다. 기모노를 입으면 몸 대부분이 가려지니 평상복보다는 낫지만 녀석들은 기모노 밖으로 나와 있는 손과 목, 얼굴 등을 노리고 온다. 그걸 피할 수 있는 것만 해도 감사하다. 앞으로 한 해 한 해 지날수록 습도 높은 여름의 더위로 괴롭겠지만, 몸에 부담을 주지 않는 땀 대책 상품을 효과적으로 사용해 찝찝한 일상을 이겨내려 한다.

삼베 침대 패드, 삼베 이불

아무튼 시원하게

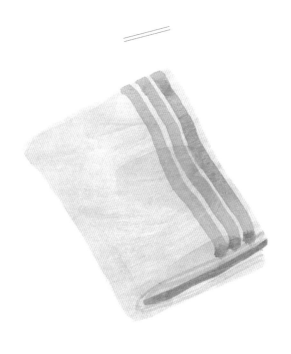

이 연재의 세 번째 주제는 여름 잠옷과 침구였다. 작년은 더위가 너무 심해 이러다 어떻게 되려나 싶었는데, 올해는 시작이 늦어서 7월은 기온이 낮았는데도 기후가 빈틈없이 균형을 유지해 8월이 되자마자 혹서가 덮쳐왔다. 작년의 무더위가 심했던 건 기억하지만 어떤 식으로 심했는지는 까먹었다. 그저 괴로웠다는 것만 생각난다. 신기하게도 올해의 무더위를 경험하니 작년에도 이랬나 싶기도 하고, 작년보다는 조금 편한 것 같기도 하다. 여하튼 뭐든 전부 명확하지가 않다.

이것이 나의 기억에 의한 것인지 일반적인 감각인지 잘 모르겠다. 그저 라디오에서 들었는데 인간은 신체적으로 괴로운 경험을 해도 그것을 구체적으로 표현하지 못한다고 한다. 그런 상황의 최고봉은 출산으로, 그때의 아픔을 콧구멍에서 수박이 나오는 느낌에 비유하곤 한다. 그 예시를 듣고 같은 여자면서

'말도 안 돼. 큰일이잖아'라고 생각하지만 구체적으로 어떤 아픔인지는 실감 못 한다. 실제로 아기를 낳아본 사람이라도 구체적으로 설명하지 못하는 모양이다. 그것은 인간이 아팠던 경험을 언제까지나 기억하고 있지는 않기 때문이며, 그래서 출산을 여러 번 반복하거나 가혹한 장거리 마라톤이나 세계 최고봉 등반에 몇 번이고 도전할 수 있다고 한다.

그런데 작년의 더위는 잊었을 수도 있지만 지금의 연일 이어지는 더위는 잊을 수 있을 리 없다. 더위를 느끼지 못하게 되면 오히려 위험하며, 그렇다고 덥다, 덥다 불평만 한다고 해서 되는 일은 없다. 기후는 인간의 힘으로는 어찌할 수 없으니 우리는 그저 하루하루를 꾹 참으며 지낼 뿐이다.

작년과 마찬가지로 내 여름밤 수면 도구는 여전히 다카시마치지미 파자마에 삼베 시트다. 자주 세탁해서 올해는 파자마를 한 세트 새로 샀다. 그나저나 전에 산 것은 여름에

만 입긴 했지만 그렇게 자주 빨았는데 어디도 해지지 않은 게 대단하다. 프린트의 색깔조차 안 바랬다. 과연 일본제다. 7월에는 아직 기온이 심하게 높아지지 않아서 차렵 깃털이불에 무인양품의 삼베 이불 커버를 씌워서 썼는데, 8월 들어 급격히 기온이 올라가서 밤에도 열대야가 이어지자 역시 차렵이불은 더워졌다.

자는 도중에 더위를 먹을 위험도 있다고 들어서, 그렇다면 한여름용 이불을 꺼내는 편이 좋을 것 같아 지난해까지 썼던 면으로 된 거즈 이불을 옷장에서 꺼내봤더니 오랜 세월 애용한 탓에 심하게 낡아 있었다. 나는 잘 때는 방범상 문제없이 열 수 있게 되어 있는 창을 열어두지만, 침실에는 에어컨을 틀지 않으니 습도가 높은 요즘은 소재가 면이면 열이 차는 느낌이 들었다. 내게 필요한 건 상쾌함이다.

이 거즈 이불은 우리 집 노묘가 마음에 들어 해서 고양이 이불로 양보하기로 하고 삼베로 된 이불이 있는지 검색해봤다. 그랬더니 삼베 전문점에서 이중 거즈 삼베 이불이 눈에 띄었다. 면 혼방 제품은 많았지만 100퍼센트 삼베인 것은 별로 안 보였다. 또 딱딱해 보이는 제품이 많았는데, 내가 점찍은 것은 살짝 비쳐 보이는 이중 거즈라서 따끔거릴 듯한 느낌은 전혀 없었다. 삼베로 된 침대 패드도 있기에 삼베 시트 아래에 이 패드를 깔면 상쾌함이 두 배가 되지 않을까 해서 이것도 샀다.

도착한 삼베 이불을 즉시 펼쳐보니 얇고 가볍고 보들보들해서 쓰기에 아주 좋을 것 같았다. 따끔따끔한 느낌은 전혀 없었다. 얇지만 그 크기 그대로 쓰는 게 아니라 절반이나 4분의 1 등 적당한 크기로 접어서 쓰면 그만큼 두께가 생기니 너무 얇다는 걱정은 안 해도 될 것 같았다. 침대 패드도 만듦새가 견고했다. 얼른 매트리스 위에 깔고 그 위로 삼베 시트를 펼쳤다.

이로써 버전 업한 올해의 혹서 대항용 삼베 수면 도구 세트를 갖추었다며 기뻐했다. 그날 밤 삼베 침대 패드를 깐 매트리스는 약간 단단해서 기분이 좋았고, 삼베 이불은 접어서 몸 위에 덮어봤더니 온기는 희미하게 머물러 있는데도 덥거나 습기 차는 느낌이 전혀 없어서 아주 쾌적했다. 최고의 수면 세트가 완성되었다며 만족했는데, 우리 집 노묘가 침대 패드를 너무나 못마땅해했다.

노묘는 여름에는 매일 밤 거실의 자기 침대와 내가 잠들어 있는 침대를 몇 번이나 오가며 잠을 자는데, 삼베 침대

패드를 깐 첫날 내가 기분 좋게 자고 있는 한밤중에 침대 위로 뛰어 올라왔다. 그러고는

‘뭐야?’

하는 표정으로

“냐앙.”

작은 목소리로 울더니 곧바로 뛰어 내려갔다.

“왜 그러니? 여기 있으면 되잖아.”

하고 말을 걸어도

‘아니, 괜찮아.’

하는 기색으로 자기 침대로 돌아가버렸다.

왜 그럴까 하며 삼베 시트 위로 만져보니 침대 패드를 깔기 전보다는 부드럽지 않다. 그게 마음에 안 들었던 모양이다. 아무리 내 마음에 든다 해도 역시 함께 침대에서 자기를 기대하는 노묘가 싫어하는 건 무시할 수 없다. 모처럼 샀는데, 하고 무척 아쉬워하며 반쯤 졸면서 침대 패드를 벗겨내고 시트를 다시 깔았다. 그러자 세 시간 뒤에 다시 고양이가 침대로 뛰어 올라왔는데, 이번에는 싫어하지 않고 스핑크스 같은 자세로 가만히 내 얼굴을 들여다봤다. 그리고 잠시 후 벌렁 드러누워 잠들었다. 확실히 노묘에게는 삼베 침대

패드가 필요 없었던 모양이다.

침대 패드로는 못 쓰지만 이것을 어떻게든 활용할 방법이 없을까 생각해봤다. 번뜩 떠오른 것은 베개다. 실은 이 연재에서 새 베개를 샀다고 쓴 적이 있는데, 나의 덜렁거리는 성격 탓에 그것이 플라스틱으로 만드는 우레탄 제품이라는 사실을 깨닫지 못했다. '유기농'에 정신이 팔려서 거기까지 신경을 쓰지 못한 것이다. 플라스틱을 안 쓴다고 말하면서도 조금만 긴장을 풀면 이렇다니까, 하며 스스로 한심해했다. 베개에는 죄가 없다. 그걸 구매한 나의 판단에 커다란 실수가 있었던 것이다.

그래서 생각해낸 것이 노모가 싫어하는 삼베 침대 패드를 활용한 자작 베개다. 예전에 타월 담요와 현관 매트를 합친 자작 베개 이야기도 쓴 적이 있는데, 나는 아무리 노력해도 잘 만들어지지 않았다. 그런데 이 침대 패드를 베개 크기로 접어보자 노모가 싫어했던 딱딱함도 베개로서는 나한테 딱 좋았다. 그것만으로는 높이가 낮아서 타월 두 장을 아래쪽에 깔아봤다. 나는 낮은 베개를 좋아하지만 또 한 장 도톰한 타월을 밑에 깔고 그 위에 머리를 얹어봤더니 머리 부분에 열이 차지 않는 느낌이 들었다.

이것에는 베개 커버가 따로 없어서 근처에 있던 핸드타월을 가장 위에 올려 커버를 대신해봤다. 인테리어의 측면에서는

"뭐야, 이건"이라고 말하고 싶어지는, 아무거나 그러모아 만들었다는 느낌이 격하게 드는 물건이지만 베고 자는 나는 쾌적하니 이걸로 됐다 싶다. 내용물이 전부 드러나게 놔두지 말고 전체를 천으로 감싼 다음, 매일 교체하는 커버 대용 핸드 타월을 그 천 위에 얹는 편이 덜 흉할 것 같다. 핸드 타월은 물론 베개를 구성하는 모든 것을 빨 수 있다는 점도 좋다. 어쩌면 쓰다가 문제가 생길 가능성도 있지만 지금은 합격이다.

또 더위 먹는 것을 예방하기 위해 잘 때 물을 넣어 얼린 페트병을 핸드 타월로 감싸서 그걸 가지고 침대에 눕는다. 목욕 타월로 감싸면 차가움이 느껴지지 않기 때문에 되도록 얇은 천을 겹치든지 해서 조절할 수 있게 만드는 편이 좋다. 물방울이 걱정이라면 방수 처리를 한 페트병 홀더나 비닐봉지로 병 아랫부분을 감싸는 편이 안심될 수도 있다. 잘 때 에어컨을 켜지 않는 나는 누워서 차가운 페트병을 목덜미나 겨드랑이에 갖다 댄다. 그러면 땀이 스윽 식는다. 그

러다 보면 잠이 드는데, 도중에 노묘가 찾아와 깨우니 그때마다 병의 위치를 확인해서 옆에 둔다. 얼굴에 대거나 손에 쥐기만 해도 몸에 있는 여분의 열이 사라진다. 나는 작은 것으로 충분해서 용량이 220밀리인 것과 350밀리인 것을 얼려둔다. 얼음은 하룻밤 만에 죄다 녹지만, 물은 상온보다는 차가워서 아침까지 어떻게든 계속 쓸 수 있다. 그리고 그 병을 그대로 냉장고에 넣어서 밤에 또 쓴다. 물을 넣어 얼릴 때는 내용물이 팽창하므로 파열을 막기 위해 넘치도록 넣지 않는 게 중요하다.

또다시 플라스틱을 안 쓰는 것에 관한 이야기인데, 지난번 에세이에서 한여름에 기모노를 입을 때 땀에 대한 대책으로 남성용 보디 시트를 사용한다는 글을 썼다. 한데 그 보디 시트에도 플라스틱이 들어 있다는 사실을 홀랑 잊어버리고 있었다. 게다가 사용 시간이 가장 짧은 편에 속하는 상품이다. 식품을 넣는 플라스틱 밀폐 용기는 몇 번이나 씻어서 다시 쓴다. 비닐봉지도 에코백 대신 몇 번씩 쓰다가 마지막에는 쓰레기를 담아 버리면 사용 시간이 또 길어지므로 일회용이라는 느낌은 옅어진다. 하지만 보디 시트는 그렇지 않다. 그걸 쓰면 내가 너무 싫어하는 모기에 안 물린다는 점에 끌려서 사버린 것도 깊이 반성하고 있다.

대신할 수 있는 물건이 없나 찾아봤더니 차가워지는 느낌을 주는 제품은 몸에 직접 뿌리는 스프레이 타입, 입기 전에 옷에 뿌리는 타입, 옷 위로 뿌릴 수 있는 타입, 몸에 바르는 타입, 젖은 타월이나 손수건에 뿌리면 얼어붙는 타입 등 여러 가지가 있었다.

찾아본 제품 중에 피부가 민감해서 아무거나 쓸 수 없는 내가 가장 안심하고 사용할 수 있을 듯했던 것은 수제 무첨가 세안 비누 전문점 욍 티앵un tiens의 여름 한정 생산품인 '쿨 미스트 워터'였다. 성분은 정제수, 무수 에탄올(식물성 알코올), 페퍼민트 오일, 자몽 오일로 의외로 단순했다.

이것보다 더욱 시원한 느낌을 주는 듯한, 페퍼민트에 스피아민트까지 더해진 '더블 민트'가 공교롭게도 품절이어서 써보지 못한 게 아쉬웠다. '쿨 미스트 워터'를 사서 써봤더니 확실히 청량한 느낌은 들었지만 오랫동안 유지되지는 않았다. 이 회사의 상품은 화학 합성 물질 무첨가, 방부제 무첨가, 인공 향료 무첨가여서 피부에 직접 쓰기에도 안심된다. 하지만 그만큼 피부에도 극적인 변화가 없다.

동네 드러그스토어에서 옷에 뿌리는 스프레이 타입의 상

품을 구매해 써봤더니

"힉."

소리가 나올 만큼 차가웠고 그 느낌은 얼마간 지속되었다. 자극이 강하니 그 점이 여러 겹 껴입는 기모노 착장에는 딱 좋을지도 모른다. 한여름에 기모노를 입는 여성 중에는 옛날 도박꾼처럼 가슴에 무명천을 둘둘 감고 그 안에 물이 묻어나지 않는 부직포로 감싼 보냉제를 넣는다는 사람도 있었다. 팔이 시작되는 부분까지 둘둘 감아서 겨드랑이를 강하게 싸매면 땀이 별로 안 난다고 한다. 나는 기모노를 입는 사람 저마다의 더위 대책, 땀 대책을 읽다가 '무념무상의 경지에 이르면 불도 차갑다'라는 옛말대로는 되지 않는구나 생각하며,

'결국 남은 건 마음의 문제인가.'

하고 한숨을 내쉬었다.

13

배저, 국화 모기향

각종 모기 퇴치 제품

무더위는 싫지만 모기가 거의 없다는 점은 기쁘다. 나는 곤충은 좋아해도 모기는 너무 싫다. 애초에 모기가 왜 이 세상에 존재하는지 모르겠다. 곤충을 징그러워하는 사람도 많지만 나는 그 형상과 색깔을 볼 때마다

'사람은 절대로 이걸 무無에서부터 만들 수 없을 거야.'

하고 감탄한다. 풍이의 오묘한 반짝임이라든가, 정원을 가꾸는 사람들은 싫어하지만 하늘소도 얇은 다리에 펑키한 색깔과 무늬가 멋있다. 중베짱이와 사마귀의 얼굴도 애교가 있다.

하지만 모기만큼은 받아들일 수 없다. 줄무늬가 약간 있다 해도 전혀 귀엽지 않다. 자주 눈에 띄는 흰줄숲모기는 평

소에는 꽃의 꿀을 먹이로 삼는다고 한다. 번식하기 위해 피를 빤다는 건 알지만, 모든 모기가 꽃의 꿀만으로 번식하도록 변이하면 안 되나 싶다.

외출했을 때 모기에 물리는 건 어찌 보면 적의 영역에 들어간 것이니 어쩔 수 없다 쳐도, 집에는 방충망이 있고 문도 열어두지 않는데 어딘가에서 모기가 들어온다. 그것도 사람이 일어나 있을 때는 모습을 보이지 않아서 안심하고 잠자리에 들면

"왜애애앵."

하는 그 싫은 소리가 들려온다.

'아휴, 왔구나.'

짜증이 치밀어 자면서 대비를 하고 있으면 그 왜애애앵은 점점 커지고, 날아다니며 내 안면에서 물 자리를 물색하는 기운이 느껴진다.

'으윽.'

손발을 휘적휘적 버둥거리면 적도 깜짝 놀라는지 소리가 끊기지만, 또 조금 지나면 그 왜애애앵이 들려오는 형국이다. 친구에게 말했더니

"그럴 땐 일단 가만히 참다가, 모기가 피를 빨기 시작하면

서 마음을 놓으면 그 즉시 탁 쳐서 죽이면 돼"라기에 꾹 참 았다가 때려서 죽이려고 했더니 모기는 도망갔고 피는 빨 렸으며 덤으로 내가 친 얼굴까지 얼얼한 최악의 상황에 이 르는 경우가 많았다. 잠도 부족해지고 해서 언젠가부터 수 돗물을 스프레이 용기에 넣고 왜애애앵이 들려오면 그쪽 으로 뿌리기를 계속했는데 안 물릴 때도 있고 물릴 때도 있 었다. 승률은 3대 7 정도로 내가 질 때가 많았다. 어쨌거나 실내에 모기를 들이지 않는 것만 생각하고 있다.

어린 시절부터 모기를 싫어해서 모기향과 스프레이형 살 충제가 집에 꼭 있었다. 물리면 부어올라서 너무 가렵고, 좀 가라앉았나 싶으면 또 며칠쯤 지나 가려워진다. 겨우 나았 나 하면 다시 금방 물리는 형편이라서 여름이 되면 정말로 마음이 무거웠다. 모기향과 살충제는 효과가 좋았지만 그 걸 쓰고 나면 모기가 죽는 것보다 내 몸이 먼저 나빠질 것 같았고, 몸에 뿌리는 타입의 벌레 기피제도 농약 성분이 든 제품이 있어서 별로 쓰고 싶지 않았다. 하지만 그 정도로 독 한 걸 쓰지 않으면 녀석들로부터 몸을 보호할 수 없었다.

그런데 요즘에는 인간과 반려동물의 몸에 해롭지 않은, 살충이 아니라 방충 효과가 있는 제품이 많이 나와서 도움을 받고 있다. 내가 쭉 써온 제품은 혼모노 종합연구소의 '개구리표 내추럴 모기향'과 린네샤의 '국화 모기향'이다. 녹색을 입힌 제품은 연기를 마시면 기침이 나고 목이 따끔거려서 너무 괴로운데 이 모기향들은 괜찮았다.

　그밖에도 모기를 퇴치하는 제품은 이것저것 써봤다. 어린이용 배드민턴 라켓 같은 것에 그물이 처져 있고 그걸로 모기를 잡아서 손잡이의 스위치를 켜면 모기가 감전사한다는 물건도 사봤는데, 그 라켓을 언제나 들고 있어야만 하는 게 번거로웠고, 또 그물이 처진 부분으로 모기가 다가올 가능성도 매우 낮았다. 모기가 아주 많은 장소에서는 그걸 휘두르면 굉장히 효과적일 것 같았다. 모기를 확실히 죽인다는, 자외선을 발생시키는 기계도 사봤다. 하지만 전원을 켜서 보라색 광선을 내뿜는 것을 보자

　'이걸 설치해두면 모기에 물리는 것보다 몸이 더 안 좋아질 것 같아'라는 생각이 들어 곧장 처분해버렸다.

　콘센트에 플러그를 꽂으면 따끈따끈해져서 모기를 쫓아내는 향기가 피어오르는 제품과 모기 퇴치 효과가 있다는 캔들도 써봤는데 둘 다 우리 집에서는 잘 듣지 않고, 결국 가장 나은 게 모기향이었다. 저녁에 빨래를 걷기 위해 베란

다에 나갈 때도 반드시 모기향을 들고 간다. 향을 피우고 가까이 온 모기가 허겁지겁 도망가는 것을 보며

'야호.'

득의에 찬 미소를 짓는다.

집에 있을 때는 모기향만으로 괜찮지만 문제는 외출할 때다. 농약이 배합된 제품은 특수한 냄새가 나고, 모기가 싫어하는 향을 풍기는 허브가 원료인 벌레 기피 스프레이도 특유의 냄새나 향이 있다. 알코올도 들어 있어 제품에 따라서는 피부가 붉어지는 경우가 있어서 목덜미나 옷 밖으로 나온 팔을 본 친구가

"왜 그래? 빨개졌는데 안 아파?"

하고 걱정하기도 했다.

그 뒤 성분이 덜 자극적인 벌레 기피 스프레이가 발매되어 그것을 사봤는데, 향도 부드러워서 이건 괜찮겠거니 하며 목덜미에 뿌리고 외출했다가 집으로 돌아왔다. 그런데 목덜미가 가려워서 봤더니 스프레이를 뿌린 부분이 모기에 물려 있었다. 물린 뒤에는 가려움을 진정시켜주는 시판 약을 발랐는데, 그래도 가려움이 완전히 가라앉지 않고 몇 번이나 또다시 가려워졌다. 언젠가 가려움을 가라앉히는 용

도의 약이 아니라도 멘톨 성분이 포함된 것이면 가려움에 잘 듣는다는 글을 읽고 집에 있던 크림을 발랐더니 그 부분만 피부가 허옇게 된 적이 있다. 턱 아래여서 자세를 낮춰 올려다보지 않는 한 안 보이는 위치긴 했지만 깜짝 놀랐다. 이대로 회복되지 않으면 어쩌나 했는데 그 크림을 안 썼더니 어느 틈에 원래대로 돌아왔다.

꽤 오래전 일인데 텔레비전 프로그램의 기획으로 캐나다에서 아웃도어 스포츠와 캠핑을 하고 온 배우가

"외국 모기는 장난 아니었어요"라고 말했다. 일본 모기는 귀여운 축에 속하며 숲속에 사는 모기는 몸집이 크고 엄청나게 공격적이라고 한다. 일본에서 가져간 살충 스프레이는 거의 도움이 안 되어 현지에서 강력한 벌레 기피 스프레이를 사서 겨우 물리쳤던 모양이다. 그런데 그 제품의 포장재를 봤더니 위험물을 뜻하는 해골 마크가 그려져 있었다고 한다. 일본에 돌아와서도 물린 자국이 몇 달씩이나 사라지지 않았다고도 했다.

그 이야기를 듣고

"나는 절대로 그런 곳은 안 갈 거야."

중얼거리며, 일본 모기는 귀여운 축인가 하고 실망했다.

세계적으로는 그렇게 귀여운 일본 모기라도 나한테는 밉살맞은 적이다. 그나저나 외국에서는 아웃도어 스포츠와 캠핑을 일상적으로 하니까 어린이나 아기가 쓸 수 있는, 피부에 부담 없는 모기 퇴치 제품이 있을 듯해 찾아봤더니 일본은 비교도 되지 않을 정도로 많이 나왔다. 그중 선크림과 모기 기피제가 하나로 합쳐진 크림이 있어서 한동안 그것을 써봤는데, 아무리 조심해도 옷에 묻어서 여름에도 감색 등의 짙은 색 윗옷을 자주 입는 나는 세탁하기 귀찮아 쓰는 것을 관뒀다.

그 가운데 지금까지도 쓰는 모기 기피 스프레이는 미국 브랜드인 에바비바erbaviva의 '버즈 스프레이'와 배저BADGER의 '프로텍트 셰이크 앤드 스프레이'다. 배저의 제품에는 알코올 성분이 안 들어 있고, 에바비바의 제품도 알코올이 들어 있는 다른 상품에 비해 자극이 적었다.

배저의 제품 중에는 모기 기피 밤도 있는데 이것도 편하게 쓰고 있다. 지름 5센티, 두께 2센티 정도의 캔에 들어 있어서 가방에도 넣을 수 있다. 스프레이보다 향이 좀 강하므로 그 점이 신경 쓰일 사람이 있을 수도 있다. 나도 기모노를 입을 때는 쓰기가 좀 힘들다. 하지만 평상복을 입을 때는 스프레이와 밤을 둘 다 쓰면 완벽하게 모기의 접근을 막을 수 있을 것 같다.

평소 향수 같은 걸 뿌리지 않아서 향기에 익숙하지 않은 나는, 이들 제품을 뿌리고 전철을 타면 싫어하는 사람도 있을 듯해 향이 날아가도록 외출하기 한 시간 전쯤에 뿌리고 나가기도 했다. 하지만 걸어가면서

'모기는 이 냄새가 싫어서 다가오지 않는 거니까 향이 날아가면 효과가 없을지도 몰라.'

하고 생각했다. 용무를 마치고 돌아오며 맨션의 우편함에서 우편물을 꺼낼 때 모기가 날아오는 게 보였다. 노안이라도 모기의 움직임만은 알아차릴 수 있다. 모기는 가까이로 날아왔지만 '으악' 하는 느낌으로 허겁지겁 유턴을 했다.

'후후후, 꼴좋다.'

나는 득의양양하게 웃으며 집으로 들어갔다. 나한테는 싫은 향이 아니지만, 함께 사는 고양이는 이 냄새를 좋아하지 않아서 집에 가면 곧바로 밤을 바른 부위를 씻는다.

실내에서 쓰는 모기 기피 스프레이도 뿌렸을 때 기침이 나거나 눈과 머리가 아프지 않은 지 플레이스G-Place의 '피레카 롤×내추럴 문 천연 방충 스프레이'를 쓰고 있다. 여태까

지 실내용 스프레이 가운데 이렇다 할 게 없었던 터라 애타게 기다리던 제품이었다. 요즘도 잠자리에 들면 곧바로 왜애애앵 소리가 들려와서 암흑 속 소리가 난 쪽을 향해 이 스프레이를 뿌렸더니 그 뒤로 소리가 안 들리게 되었고 물리지도 않았으므로 효과는 있는 것 같다. 이렇게 방어를 해도 어쩌다 모기에 물렸을 때는 퍼펙트 포션의 '아웃도어 밤'을 쓴다. 이 밤에는 멘톨 성분이 들어 있지만, 이걸 바르고 밖에 나가도 피부가 허옇게 변하지 않아서 안심하고 쓰고 있다.

한의사 선생님 말씀에 따르면, 단것을 좋아해서 쓸모없는 수분이 몸에 쌓이기 쉬운 체질인 사람은 모기에 물리면 붓는다고 한다. 예전의 나는 틀림없이 그랬지만 한약과 림프 마사지로 여분의 수분을 배출했더니 모기에 물려도 붓지 않아서 놀랐다. 예전에는 물리면 그 주위가 1센티, 심할 때는 2, 3센티씩이나 부어올라서 미치도록 가려웠는데 지금은 살짝 붉어질 뿐이다. 게다가 가렵긴 하지만 예전처럼 몸부림칠 지경으로 가렵지는 않다. 가려움이 며칠 간격으로 반복되는 일도 거의 없어졌다. 예전에 비하면 모기에 물리더라도 고통은 훨씬 줄었지만, 그렇다고 모기가 좋아진 건 아니며 물려도 된다고는 절대 생각하지 않는다. 나의 적은 변함없이 적이다.

모기가 날아다니는 시기가 되면

'옛날보다는 편해졌어'라고는 느끼는데, 어제 인터넷 기사에서

"노인은 모기에 물려도 가렵지 않다는 건 사실이다"라는 제목이 눈에 들어왔다. 흠칫했지만 그 말도 진실인 것 같다. 어쩌면 몸속의 쓸모없는 수분을 배출한 것보다 나이의 영향이 더 클 수도 있다. 그래도

'뭐 상관없어. 옛날보다는 덜 가려우니까.'

하고 태연하게 굴면서, 앞으로도 모기 박멸을 위해 계속 노력할 작정이다.

14

온습도계

눈으로 확인하는
쾌적한 환경

20년도 더 전에 어느 에세이에서 나는, 여름철 일기예보에서 35도, 36도 하고 일일이 기온을 말하면 더 덥게 느껴진다, 일반인에게는 기온의 수치 따위 대체로 상관없으니 그냥 덥다고만 해도 되지 않느냐고 썼다. 그러나 요즘은 5월 즈음부터 일사병에 주의하라는 소리를 들으니 그런 말은 하지 못하게 됐다. 기온의 수치 같은 건 아무래도 좋다고 생각하다가 실내에 있어도 풀썩 쓰러질 가능성이 생긴 것이다. 특히 노인은 감각이 점점 둔해지므로 체감 온도가 아니라 객관적인 기온의 수치를 신경 쓰라고도 한다. 나도 나이를 먹으니

  '확실히 그런 것 같아.'

하고 실감하게 됐다. 본인의 체력에 지나치게 자신감을 가지는 것도 문제라며 반성했다.

나는 목이 약해서 과하게 습하거나 건조하면 힘들어지기 때문에 옛날부터 에어컨은 켜지 않고 제습기와 가습공기청정기를 썼다. 지금 쓰는 물건은 각각 세 대째다. 처음 산 것은 제습기였다. 장마철에 들어서면 꼬박꼬박 제습기를 켜서 집의 습기를 제거했다. 한때는 집에서도 에어컨을 틀었지만, 냉방 속에서 계속 일을 하면 몸이 안쪽부터 차가워져서 여름에는 창문만 열고 에어컨은 켜지 않았다. 내 주위에는

"선풍기가 있으면 에어컨은 필요 없지"라고 말하는 사람도 많았다. 우리 집은 그걸로 조절할 수 있지만 외출해서 냉방 중인 곳에 가면 오히려 너무 추워서 곤란할 정도였다. 나는 홍콩을 아주 좋아하지만 그 강렬한 냉방 지옥에는 정말이지 두 손 들고 호텔 욕실에서 겨울철보다 정성 들여 몸을 데웠다.

에어컨을 켜면 냉방과 함께 제습 효과도 있으니 제습기를 따로 쓸 필요가 없지만, 에어컨을 안 쓰는 나는 제습기가 필요했다. 그렇다면 에어컨의 제습 기능을 쓰면 되지 않나

싶을 수도 있는데, 나는 가전제품의 기능에 아주 어두운 데다 에어컨에 관심이 없어서 냉방이 아닌 제습 기능만 쓴다는 선택지는 머릿속에 전혀 없었다. 그래서 거치식 제습기를 사서 물통에 모이는 물을 보며

'이만큼이나 흡수됐네.'

하고 기뻐했다. 그로써 몸이 조금은 편해졌지만 쾌적하다고 할 정도는 아니었다.

에어컨을 켰을 때도 실외기 옆으로 물이 졸졸 흘러나오는 것을 목격한 적이 있다. 그런데 그만큼의 물이 제습기 물통 속에 천천히 차오르는 것을 보면서

'공기 중에 수분이 이렇게 많았다니.'

하고 놀랐다. 여하튼 물통이 가득 차는 게 눈 깜짝할 사이였다.

'다 찼습니다.'

하며 삑 소리가 나면

'조금 전에 물을 버렸는데 또 찼어?'

하고 놀라면서 물통을 비운다. 장마철에는 버리는 물의 양이 너무 많아서

'물이 부족한 곳에 오늘 몇 번이나 버린 물을 어떻게든 활

용할 수 없을까. 누구 머리 좋은 사람이 연구해주면 안 될까.'

하며 허무해하기도 했다. 나처럼 장마철에 몸이 늘어지지만 에어컨은 싫다는 몇몇 사람에게 우리 집에서 쓰는 샤프의 제습기를 추천했더니 다들 구입했다. 그리고 눈에 보이지 않는 공기 중의 수분이 물통에 차오른 것을 보고 역시 그 많은 양에 깜짝 놀랐다고 했다. 아무튼 나는 에어컨보다 제습기였다.

지금 사는 맨션에도 당연히 에어컨이 달려 있었지만 거의 안 켜고 지내왔다. 에어컨을 사용하게 된 것은 7, 8년 전부터인데, 그것도 나이 많은 반려묘가

'더워. 에어컨 켜줘.'

하고 호소하는 눈빛을 보낼 때만이다. 최근 내가 힘들 때가 있어서 제습을 하려고 에어컨을 켜봤더니 30년이나 된 물건이라 그런지 제습 모드로 돌리면 멈춰버리는 영문 모를 사태에 빠져버렸다. 우리 집 에어컨에는 제습 기능이 없는 것이나 마찬가지이니 여전히 제습기의 신세를 계속 지고 있다.

어쨌거나 습기의 퍼센티지를 적정하게 유지하기 위해 습

도 높은 날에는 제습기를 풀가동시켰는데도 얼마 전 걷어
온 빨래를 접다가 부엌에서 손 닦을 때 쓰는 타월을 보고

'어?'

하며 고개를 갸웃거렸다. 화장실 등 다른 곳에서 쓰는 타
월에는 변화가 없는데, 그 타월만 옅은 핑크색을 띠고 있었
다. 여태까지 몇십 년이나 부엌에서 손 닦기용 타월을 써왔
지만 이렇게 된 적은 없었다.

'혹시 이건 욕실에 잘 생긴다는 곰팡이와 같은 색 아닐
까?'

깜짝 놀라 알아봤더니 역시 같은 곰팡이의 일종으로 핑
크색은 그 색소를 내는 효모균 때문이라고 한다.

무해하다고는 해도 음식을 다루는 장소에서 그런 게 발
생하는 건 큰 문제다. 우리 집 부엌은 창문이 없어서 문을
계속 열어두고 있고, 요리할 때는 물론 요리가 끝난 뒤에도
얼마 동안은 환기팬을 돌려둔다. 손 닦는 타월은 접지 않고
펼쳐서 수건걸이에 걸어둔다. 그런데도 일반적인 두께의
하얀 타월만 핑크색이 되었다. 그밖에 삼베 행주와 무명 수
건도 손 닦기용으로 쓰는데 그것들은 핑크의 피해를 입지
않았다. 삼베도 무명도 일반 타월에 비해 수분이 잘 마르기

때문일까.

기분이 찝찝하니 부엌에서 타월은 안 쓰기로 했다. 제습기가 놓인 곳에서 부엌까지는 거리가 있다. 제습기를 가동하면 물이 그렇게나 차는데도 부엌까지는 그 효과가 미치지 않았던 모양이다. 부엌에서는 물을 매일 쓰니까 다른 공간보다 공기 중에 습기가 많은 건 사실이지만, 어쨌거나 앞으로는 삼베 행주나 무명 수건을 쓰는 수밖에 없다.

우리 집은 맨션의 3층이라서 곰팡이 피해가 이 정도였지만 단독주택에 사는 친구는 신경이 아주 날카로워져 있다. 습도 높은 날이 아니어도 뿌리채소류까지 곰팡이가 필 우려가 있어서 방치해둘 수 없다고 한다. 평일은 출근하는 이른 아침부터 집으로 돌아오는 늦은 밤까지 창문을 닫고 있으니 환기가 안 된다. 집에 있을 때는 에어컨을 늘 켜고 있고, 내가 제습기와 가습공기청정기를 추천했더니 일반 가정용이 아니라 병원에서 쓰는 대형 제품을 샀다.

또 어느 기모노 가게에서는 손님용으로 지은 옷은 2층의 서랍장에 보관하고 직원들이 입는 것은 1층의 서랍장에 넣어뒀는데, 근래 다습한 날이 이어진 탓에 그 서랍장이 오동나무였는데도 직원용 기모노에 곰팡이가 폈다고 한다. 앞으로 그런 습기에 대응해야만 하다니, 습기에 약한 나는 마음이 무거워진다.

한편 겨울에는 뭐니 뭐니 해도 가습공기청정기다. 심하게 건조해지면 목이 아프고 그게 감기로 이어진다. 샤프의 플라즈마클러스터 가습공기청정기를 사기 전에는 아로마 디퓨저도 썼다. 침대 주변은 그걸로 괜찮았지만 평소에 일을 하는 거실에서는 아무리 좋은 향이 나는 아로마 에센스를 넣고 틀어도 그 수증기로는 충분치 않았다. 그래서 잡지 편집자와 여러 사람에게 정보를 물어서 샤프의 제품으로 결정했다. 우리 집 거실에는 같은 브랜드, 같은 모양의 제습기와 가습공기청정기가 놓여 있고 계절에 따라 각각의 전원을 켜고 끈다. 날씨가 어떻든 본인 마음가짐에 따라 어떻게든 된다는 정신론으로는 어떻게도 되지 않아진 게 틀림없다.

이렇게 사람을 괴롭히는 기온과 습도는 언제나 수치를 체크해두는 편이 좋다는 것을 이제야 깨달았다. 초고령이 된 우리 집 고양이를 위해서는 고양이 침대 주변이 쾌적한지 보려고 숫자만 나오는 작은 온습도계를 예전부터 봐뒀었다. 내가 자는 방에도 같은 제품을 뒀는데, 여름에도 화면

에 뜨는 숫자를 보고는

'그렇구나.'

했을 뿐 깊게 생각하지 않았다. 하지만 앞으로 점점 나이를 더 먹어갈 테니, 보다 자세하게 수치를 표시해주는 제품이 필요하지 않을까 해서 생활관리 온습도계라는 것을 사봤다.

요즘은 일사병의 무서움이 자주 언급되므로 노인과 어린이도 쉽게 알 수 있도록 색깔로 구분해둔 제품이다. 가령 온도라면 영하 12도부터 영상 18도까지가 '계절성 독감·감기 주의', 18도부터 25도까지가 '쾌적 존', 25도 이상이 '일사병 주의'이다.

습도는 10퍼센트부터 40퍼센트까지가 '계절성 독감·감기 주의', 40퍼센트부터 65퍼센트까지가 '쾌적 존', 70퍼센트 이상은 '곰팡이 주의'라고 되어 있다. 65퍼센트부터 70퍼센트까지는 아무 표시가 없는 것으로 보아 쾌적하지는 않지만 곰팡이를 주의할 필요도 없는 '대충 괜찮잖아 존'인 모양이다.

동그란 온습도계의 '쾌적 존'은 녹색으로 칠해져 있는데, 그 면적이 너무나 좁다. 각도기로 재어봤더니 온도는 18도,

습도는 40퍼센트 밖에 안 된다. 요컨대 온도와 습도가 모두 쾌적 존에 들어갈 확률은 아주 낮아서, 계절성 독감이나 감기, 일사병에 걸릴 가능성이 훨씬 크다. 온습도계를 바라보니 한숨이 나왔다. 우리의 환경이 이렇게나 가혹해졌다는 건 몰랐다. 9월 중순에 학교에서 독감이 유행 중이라는 이야기를 듣고

'어째서 이 계절에?'

하며 너무나 의아했는데, 온습도계를 보자

'그렇구나.'

하고 이해가 갔다. 우리가 쾌적하게 지낼 수 있는 온도와 습도보다 그렇지 않은 쪽의 비율이 훨씬 높으니 당연한 일이다.

이런 이야기도 제습기 물통에 모인 물처럼 눈으로 보지 않으면 납득이 안 가고 이해를 못 했다. 나는 이 온습도계를 두 개 사서 거실과 침실에 두고 하루에도 몇 번이나 확인한다. 우리 집은 철근으로 지어진 데다 맨션의 꼭대기 층이라서 전날 기온이 높으면 열이 빠져나가지 않는지 일기예보에서 말하는 기온보다 실내 온도가 높다. 조금 시원해졌다는 10월 초순조차 창문을 열고 바깥바람을 통과시켜

도 실내 온도는 30도였다. '일사병 주의' 존이다. 또 맑아서 습도가 낮으면 금세 '계절성 독감·감기 주의' 존으로 들어가버린다. 여하튼 실내 온도가 25도 아래로 안 떨어지면 계속 일사병 주의다. 겨울이 되면 상황이 또 달라지지만 여름과 가을 사이의 환절기가 애매하므로 기온이 좀 높고 습도도 높은 날은 실내에 있을 때 주의를 기울여야겠지.

　온습도계를 사고 열흘 동안 매일 관찰한 결과, 온도와 습도 모두 쾌적 존에 들어갔던 날은 딱 하루뿐이었다. 한쪽이 쾌적해도 다른 한쪽이 그렇지 않은 날이 아주 많다. 이건 우리 집 이야기니까 공기 조절에 신경을 더 쓰는 집이라면 쾌적 존에 들어가는 날이 많아질 수도 있다. 하지만 초고령 반려묘가 에어컨을 트는 것을 싫어하니 나는 실내 온도를 낮추기 위해 매일 창문과 베란다 쪽 문을 활짝 열고 있다. 그리고 이 원고를 쓰고 있는 지금, 온습도계를 봤더니 실내 온도가 26도! 쾌적 존까지 한 걸음밖에 안 남았다. 아깝다! 습도는 50퍼센트로 쾌적 존이다. 밤이 되어 기온이 떨어지면 오랜만에 더블 쾌적 존이 될지도 모른다. 이제부터 일사병에 걸릴 위험은 낮아지니 더블 쾌적 존에 들어가는 날이 얼마나 될지 관찰해보려 한다.

15

습윤 밴드

상처가 나도 괜찮아

우리 집에는 작은 약 상자가 있지만 그 안에 들어 있는 의약품은 몇 개 안 된다.

내 발은 폭과 길이의 밸런스가 잘 맞지 않아서 수영할 때 신는 오리발처럼 생겼다. 발 길이에 맞추면 폭이 좁고 폭에 맞추면 발뒤꿈치가 까져서, 중학생 때는 학교에서 지정한 로퍼를 사러 가도 발에 맞는 물건이 없었다. 신어보기 전에 점원이

"로퍼는 다른 구두와는 달리 폭이 널찍하니까 괜찮을 거예요"라고 했지만 발 길이에 맞춘 신발은 전혀 들어가지 않았다. 한 사이즈 큰 신발을 꺼내줬지만 그것도 발볼 때문에 들어가지 않았다. 결국 들어간 것은 세 사이즈 위의 신발이

었는데,

"안창을 깔면 괜찮을 거예요"라고 격려하기에 안창까지 사 왔다.

그런데 집에 와서 안창을 깐 신발을 신고 다다미 위를 걸어봤더니 여전히 벗겨졌다. 이것을 매일 신고 등하교를 한다고 생각하니 눈앞이 깜깜해서

"도무지 걸을 수가 없어."

하고 부모님께 호소했다. 그러자 손재주 좋은 아버지가 집에 있던 두꺼운 업무용 종이와 얇은 종이를 맞붙여서 안창 아래에 까는 신발 깔창을 만들어줬다. 그걸로 학교까지 어찌어찌 걸어갈 수 있게 되었지만 신발의 발가락 끝부분에는 공간이 꽤 많이 남았다.

게다가 원래 발에 딱 맞는 신발이 아니기도 했고 당시의 학생용 인조 가죽 구두는 만듦새도 엉성했는지 양말을 신고 있어도 살이 까져서 상태가 심각했다. 같은 반 친구 중에는 발에 안 맞는 신발을 신어서 나처럼 살갗이 쓸린 탓에 뒤축을 꺾어 신는 아이도 있었는데, 너무나 칠칠치 못하게 보여서 그렇게는 하고 싶지 않았다. 하지만 구두를 샌들처럼 신을 수 있다면 얼마나 편할까 생각하기도 했다.

고등학교는 사복이어서 정해진 신발을 신을 필요는 없었지만 이번에는 평소에 신는 신발을 어떻게 할지가 문제였다. 지금과 달리 당시는 스니커즈를 평상시에 신는 풍습이 별로 없어서 그건 어디까지나 운동용 신발이었다. 남학생들은 농구화를 신었지만 여학생 중에는 가죽 구두를 신는 사람이 많았다.

어느 날, 어머니가 요샛말로 '신발 난민'을 구제해주는 신발 가게가 나카노에 있다는 정보를 어딘가에서 얻어왔다. 거긴 꼭 가야겠다 하며 그길로 향했더니 신발 가게라기보다 주택가에 있는 신발 제조 직판장 같은 곳이었고, 공방 건물 앞에 선반을 두고 50켤레쯤 되는 신발을 진열해두고 있었다. 대부분이 부인화여서 나는

'아무리 발에 맞는다 해도 아줌마나 할머니가 신는 주머니처럼 생긴 신발은 싫어'라고 생각했는데, 의외로 디자인이 나쁘지 않아서 선반 위의 신발들에 시선을 빼앗기고 말았다. 우리 말고도 엄마와 나이가 비슷하거나 더 많아 보이는 여자들이 신발을 사러 여러 명 와 있었다.

나를 상대해준 사람은 가게 주인인 듯한 온화하고 다정해 보이는 백발 아저씨였다. 내 발을 보자마자

"아, 이거라면 맞을 거예요."

하고 구두 한 켤레를 가져왔다. 굽 높이가 3센티 정도였는데 발가락 부분은 삼각형처럼 뾰족하지 않고 동글동글했다. 신어보자 오리발 같은 내 발을 위해 주문 제작한 것처럼 딱 맞았다. 주머니 같은 게 아니라 10대였던 나도 만족할 수 있는 디자인이었다.

"어딜 가도 이 아이의 발에 맞는 신발이 없었거든요."

나보다 엄마가 감격하자 아저씨는

"그래서 큰 신발을 사서 안창을 넣은 거죠. 하지만 발에 너무 안 맞는 신발을 계속 신으면 걸음걸이도 이상해져서 허리가 아프기도 하고 몸에 안 좋아요"라고 말했다. 그러고 나서 내 구두를 종이봉투에 넣으려 할 때, 엄마도 내 것보다 비싼 세련된 디자인의 펌프스를 잽싸게 함께 사며 기뻐했다. 가격도 저렴했다. 그 공방에서는 자사 제품은 물론이고 다른 가게에서 산 신발도 크기를 조정해주거나 수리해주기 때문에 나이 지긋한 여성들이 전철을 갈아타며 한 시간 넘게 들여 찾아온다고 했다. 그 신발 제조 직판장은 홍보도 하지 않는데 입소문만으로 손님이 몰려드는 것이었다. 그 뒤로 나는 그 가게에서 신발을 사게 되었다. 긴 부츠를 샀을 때는 종아리가 두꺼운 나를 위해 꽉 끼는 부분을 늘려서 맞춰줬다. 그러고 얼마 못 가 공방은 문을 닫았고 제조 직판장도 없어졌다.

나는 다시 신발 난민이 되었다. 하지만 세상의 흐름이 점점 캐주얼을 지향하게 되어 평소에 스니커즈를 신어도 괜찮아진 것은 도움이 되었다. 일 때문에 외국에 간 김에 면세점에서 고급 브랜드의 벅스킨 로퍼를 사기도 했는데, 비 오는 날은 못 신는 데다 기본적으로는 차로 이동하는 사람용이었다. 그래서 이것저것 찾아보다 발견한 것이 어느 독일제 구두였다. 긴자의 가게에서 슈 피터shoe fitter 아주머니가 치수를 재어줘서 구입한 36사이즈 구두는 무척 신기 편해서 같은 것을 두 켤레 사서 신고 다녔다. 그 당시는 발 까짐이라는 것도 잊고 살았다.

그런데 평생 신으려 했던 그 디자인의 구두가 생산이 중단됐고, 게다가 요즘 젊은이들의 발에 맞춰 나무틀을 바꿨는지 발볼은 좁아지고 발등은 낮아져서 나의 발등 높고 발볼 넓은 발에는 가장 불편하게 리뉴얼되었다.

어쩔 수 없이 발이 편하다는 구두를 시험 삼아 신어보다가 뭐, 이거라면 괜찮겠네, 싶은 물건을 찾았다. 발볼에 맞췄더니 역시 사이즈가 좀 커졌다. 점원이 발가락 부분에 뭘 채워 넣고 신으면 된다기에 그런 방법도 있구나 하며 해봤더니 걸을 때마다 신발에서 방귀 뀌는 소리가 나서 곤란했다. 구두 안쪽에 투명한 박스 테이프를 붙여보기도 했는데, 어느 틈에 떨어져서 끄트머리가 신발 밖으로 삐죽 튀어나와 창피했던 적도 있다.

그래도 그 독일제 신발 브랜드가 좋아서 요전에 이거라면 괜찮겠다 싶은 끈 달린 구두를 오랜만에 샀다. 끈 달린 구두는 끈을 느슨하게 묶으면 발등 높이가 약간 조절되니 발등 높은 사람에게는 고마운 일이다. 다른 구두에 비해 폭도 낙낙했고 만듦새가 튼튼한 것도 좋았다.

처음 신는 날, 여하튼 발이 까지는 것만 걱정했기에 주의에 주의를 거듭해 양쪽 발뒤꿈치의 벗겨질 성싶은 부분에 드러그스토어에서 발견한 발 까짐 방지 테이프를 붙여뒀다. 이로써 만반의 준비를 갖추었다며 집을 나서서 몇 걸음 걷자마자 망했다 하고 후회했다. 두꺼운 타이츠를 신고 있었는데도 발뒤꿈치가 조금 아팠다. 하지만 집으로 돌아가기에는 시간이 없어서, 어쩌면 테이프에 피부가 쓸리는 것일 뿐 시간이 지나면 어떻게든 되겠지 하며 그대로 약속 장소로 향했다.

하지만 발뒤꿈치의 아픔은 커지기만 했다. 그것도 양쪽 다. 이건 큰일이다 싶어서 구두의 발가락 쪽으로 발을 쑥 밀어 넣어봤다. 그랬더니 발뒤꿈치가 구두에 안 닿아서 아프지 않았다. 이제 이 방법밖에 없다 싶어 발가락 쪽으로 발을 힘껏 찔러 넣으며 계속 걸었다. 가끔 구두가 발뒤꿈치에 닿아 "아얏, 아얏" 비명이 터졌다.

'발 까짐 방지 테이프도 붙였는데 어째서 이렇게 되는 걸까.'

불타는 듯한 발뒤꿈치의 아픔에 울고 싶은 심정으로 용건을 끝낸 뒤, 돌아오는 길에 역 앞 마트에서 식재료를 사려던 일정을 취소하고, 천천히 그러나 서둘러서 겨우겨우 집에 도착했다.

이건 꽤 심각하겠구나 싶어서 풀이 죽어 타이즈를 벗어보자 두 발 모두 발 까짐 방지 테이프를 붙인 곳을 피하듯 대각선 아래쪽 피부가 가로세로 1센티로 벗겨져 있었다.

"심하네……."

견고한 구두에 전기 고령자의 연약한 발뒤꿈치가 까진 것이다. 아무리 좋아한다 해도 이제 이 브랜드의 신발은 샌

들만 신을 수 있겠구나 하며 슬퍼졌다.

발이 까진 건 너무 아프고 화도 나지만 나한테는 발이 까졌을 때의 강력한 아군인 밴드에이드의 습윤 밴드 '키즈 파워 패드'가 있다. 반쯤 울먹이면서도 이걸 쓰면 이제 편해진다며 자신을 스스로 달랬다. 발이 까지면 전에는 고전적인 방책인 반창고를 붙였는데, 잘 떨어지고 방수도 안 돼서 목욕을 하면 상처에 물이 스며들어 "아야아얏" 비명이 터져나올 지경이었다.

이건 상처를 물로 씻고 밴드를 붙이는 제품이다. 방수라서 목욕을 해도 상처에 물이 직접 닿지 않는다. 붙이고 있으면 몸에서 나오는 진물을 흡수해 볼록해지고, 그것을 기준으로 상처가 얼마나 나았는지 아는 방식이다. 이렇게 심하게 까진 것은 오랜만이었는데 사흘 만에 나았다. 또 원래는 발에 붙이는 게 아닐 수도 있지만, '스팟'이라는 조그만 타입의 제품은 높은 발등의 피부가 쓸려서 벗겨졌을 때 붙인다.

나는 이것 없이는 새 신발을 신을 수 없게 되었다. 게다나 조리를 신으면

'이렇게 편할 수가.'

하고 마음이 놓이지만 매일 게다나 조리를 신을 수도 없으니 가능하면 신발 때문에 발이 까지는 일은 피하고 싶다. 나이를 먹으며 골격은 변하지 않았지만 발에 부담이 덜 가는 신발이 필요해졌다. 하지만 역시 딱 봐도 아줌마나 할머니 것 같은 실용성만 중시한 신발은 아직 신고 싶지 않다. 그렇다고 발이 아픈데도 무리해서 유행하는 신발을 신고 싶지도 않다. 설령 발이 까진다 해도 습윤 밴드가 있으니 신던 신발이 헌 뒤에도 새 신발에 도전할 수 있다. 이 밴드는 다소 비싸서 지금까지는 발이 까진 뒤에야 붙였지만 오랜만에 맛본 그 격렬한 통증을 다시 겪는 건 싫어서 지금은 구두를 신을 때 발 까짐 방지용으로 붙이고 있다. 호미로 막을 것을 가래로 막을 수는 없으니까.

두 번째는 시세이도에서 발매했던 '엣스킨 에이디 크림'이다. 나는 매년 땀이 나는 계절이 오면 꼭 팔꿈치 안쪽 접히는 부분에만 붉은 발진이 생긴다. 아프지도 가렵지도 않고 팔이 드러나는 옷도 입지 않으니 그렇다 해도 문제는 없지만 역시 신경은 쓰인다. 이것을 나처럼 피부가 약한 친구에게 말하자

"어머, 나도 매년 그래."

하며 두 팔 소매를 걷어 보여줬는데 거기에 나와 같은 붉은 발진이 생겨 있어서 웃고 말았다. 그 친구가 알려준 것이 이 크림이었다. 비스테로이드 제품이며,

"가려운 피부염을 치료하는 크림입니다. 습진과 가려움증에도 좋습니다"라고 쓰여 있다. 발라봤더니 증상이 개선돼서 매년 땀이 나는 계절의 필수품이 되었다.

내가 가진 크림은 아직 좀 남아 있지만 알아봤더니 아무래도 지금은 생산이 중단된 모양이다. 새로 나온 제품은 디자인은 비슷한데 이름이 바뀌었으니 이 크림과 효과가 같을지 알 수 없다. 나한테는 마음에 들어서 사용하는 물건은 그게 뭐든 리뉴얼되면 못 쓰게 된다는 슬픈 법칙이 있어서 다 쓰고 나면 어떻게 해야 할지 걱정이다.

마지막 물건은 다키자와 한방창의 '신오주新黃珠 안약'인데, 전에 눈이 충혈되었을 때 도움을 받았다. 눈에 넣어도 얼얼하지 않고 충혈이 빠르게 개선되는 것도 좋다. 이것도 생산이 한 번 중단되어 구할 수 없었는데 부활해서 기쁠 따름이다. 단, 모든 약국과 드러그스토어에서 파는 것은 아니므로 인터넷으로 사거나 근처의 판매점을 검색해서 사러 가는 편이 좋을 듯하다.

우리 집 약 상자에는 이 세 가지 물품이 들어 있다. 시중에서 판매하는 위장약이나 감기약은 없지만 내 생활에는 빼놓을 수 없는 물건들이다.

스카프, 손뜨개 목도리

옷차림의 미학

예전 겨울은 실내나 전철 등에 난방 시설이 잘 갖춰지지 않았던 탓에 더 추웠던 것 같다. 지금은 코트 아래에 옷을 껴입으면 걸을 때나 전철 안에 있을 때 땀이 나고, 그 땀이 식어 몸에 별로 좋지 않다. 조금 얇나 싶게 입은 정도가 딱 좋다.

살을 에는 듯이 추웠던 마흔 몇 해 전, 내 인생의 가장 큰 오점인 목도리 선물 사건이 있었다. 지금 생각하면 어째서 그런 마음이 들었는지 모르겠지만 나는 대학 캠퍼스에서 한 남학생을 보자마자 그의 등 뒤로 후광이 비치는 느낌을 받았다. 딱히 영적인 세계에 관심이 있었던 것도 아니고 믿는 종교도 없었는데, 마치

'바로 이 사람이야'라고 말하는 양 그 남학생만 빛나 보였다.

지금의 나라면 당시의 나에게

"당장 그만둬"라고 충고할 텐데, 여하튼 나는 사귀고 싶다거나 그런 게 아니라 내 마음을 그에게 전하고 싶다, 그러려면 내가 잘하는 분야에 기대는 수밖에 없으니 손뜨개 목도리를 주자, 하고 생각했다. 같은 학과가 아니라서 거절당해도 얼굴을 마주치지 않아도 되니 마음도 약간 편했다.

받는 상대의 기분도 조금은 생각해보라고 말하고 싶지만, 그때는 주는 내 입장만 머릿속에 가득했기 때문에 매일 짙은 갈색 목도리를 부지런히 떴다. 뜨개 초심자가 할 법한 평범한 고무뜨기가 아니라 뜨개에 능숙하다는 자신감도 있었기 때문에 조금 멋 부리는 방식으로 떴더니, 그게 화근이 되어 완성된 목도리는 색깔로 보나 무늬로 보나 거적때기 같았다. 역시 나도

'이걸로 괜찮을까?'

하고 걱정이 되었지만 일단 뜨기는 다 떴으니 그 남학생에게 건넸다.

그러자 다음 날부터 그는 그걸 두르고 학교에 왔다. 둘러

주는 것은 기뻤지만 모든 것에 완전히 빠져들지 못하는 나의 슬픈 성격 탓에 목도리를 한 그의 뒷모습을 기둥 뒤에 숨어서 보며

'역시 거적때기야'라고 생각했다.

결국 그로써 나와 그 남학생의 사이가 어떻게 되는 일도 없이, 나는 목도리를 건넨 순간 만족해버렸다. 반면 내 친구들은

"사귀지는 않더라도 차 정도는 마시러 가자고 권해야지."

"여자 친구가 있는 것도 아니면서 선물만 받아가다니."

하며 그에게 화를 내기 시작했다. 내가 이제 그건 괜찮다는데도

"안 돼. 그런 예의 없는 남자한테는 제대로 말해야지."

하며 학교 건물의 위쪽 계단에서 등교하는 학생들을 지켜보다가 그가 오자

"목도리 도둑!"

"패기 없는 녀석!"

하며 큰 소리로 고함쳤다. 그런 다음 그가 올려다보기 전에 잽싸게 몸을 숨기며

"말했어!"

하고 두 손으로 내 손을 감싸 쥐었다.

"저 남자 구제 불능이었어. 하지만 괜찮아. 앞으로 훨씬 더 좋은 사람이 나타날 거야."

친구는 씩씩대며 나를 위로하고는 강의실에서 나갔다. 나보다 주위의 여자 친구들이 훨씬 더 화를 냈다. 친구가 그렇게까지 해준 것도 미안했고 매도당한 그에게도 미안했다. 전부 내가 목도리 따위를 줬기 때문에 일어난 일이라며 쥐구멍에라도 숨고 싶은 심정이었다.

"게다가 거적때기였고……."

아무리 반성하고 후회해도 부족했다. 졸업할 때까지 그와 얼굴을 마주할 기회가 전혀 없었던 게 다행이었다.

세월이 흐르자

'뭐, 그것도 젊음의 소치지.'

하고 생각하게 되었지만 지나간 인생을 후회하지 않는 성격인 내게도 역시 그건 실패였다. 그는 지금 뭘 하고 있을까 하는 생각은 손톱만큼도 안 한다는 점이 나조차 박정하게 느껴져서 자신에게 질리고, 성은 기억나지만 이름은 까먹었으며, 지금은 얼굴이 어떻게 생겼는지조차 떠오르지 않는다.

목에 두를 것이 필요해지면 이 실패를 떠올린다. 옛날에는 추워지면 집에서나 밖에서나 하이넥 스웨터가 필수였지만 요즘은 하이넥을 입으면 머리가 멍해진다. 실내 온도를 높인 것도 아니니 나이를 먹으며 체질이 변했을 수도 있다. 그렇다고 집에서까지 깃 없는 윗옷을 입고 있으면 목 뒤가 추워서 스카프를 두른다. 천 한 장이라도 있는 것과 없는 것은 차이가 크고, 감기 초기에는 목 주위를 따뜻하게만 해도 증상이 개선되기도 하므로 얕잡아볼 수 없다. 그런데 스카프의 두께란 미묘해서 너무 두꺼우면 지나치게 볼륨감이 생겨 목 주위가 답답하고, 또 너무 얇으면 좀 추우니 딱 맞은 것을 찾기가 어렵다.

원래 나는 천을 좋아해서 스카프나 숄처럼 몸에 두르는 패션 소품 종류를 많이 가지고 있다. 옷은 처분할 수 있지만 이런 천은 아무래도 버릴 수가 없어서 곤란하다.

'조그맣게 접을 수 있으니까 공간을 차지하지 않아'라는 말이 변명이 되어 꽤 오래된 것도 서랍 속에 들어 있다. 가장 오래된 건 내가 초등학생 때 나가노에 있는 수입 털실 가게에서 산 털실로 뜬 바둑판무늬 앙고라 털목도리다. 본체를 뜨고 나니 귀찮아지기도 했고 털실도 부족해서 술 장식은 달지 않았지만 가볍고 따뜻해서 애용해왔다. 뜬 지도 54년 정도 지났고 목에 두를 물건이라면 다른 것도 있으며 언제든 새것을 뜰 수 있으니 몇 번이나 처분하려고 했다. 앙고라 실의 털이 엉켜버린 탓에 풀어서 다시 뜨는 건 이미 불가능한 상태가 되어 재활용은 어렵다. 하지만 이 목도리를 뜨고 있는 어린 내 모습을 떠올리면 이건 평생 간직하는 편이 좋을 듯한 기분이 든다.

그다음으로 오래된 것은 초등학교 6학년 때 생일선물 겸 크리스마스 선물로 부모님이 긴자에서 사준 타탄체크 목도리인데, 이건 53년 된 물건이다. 올해는 체크가 유행인 모양이니 이 목도리도 쓸 수 있을 것 같다. 실은 지금까지 두세 번밖에 안 써서 거의 새 상품이나 마찬가지고, 과연 영국제라 그런지 전혀 낡지 않았다. 특별히 세련된 건 아니지만 자못 기본 아이템이라는 느낌이 드는 물건이다.

20대 후반에 산 스카프도 아직 가지고 있다. 회사에 다니며 글 쓰는 일을 시작했을 때 받은 원고료는 생활비에 보탰지만 그 안에서 따로 돈을 모아 산 기억이 있다. 당시 살았던 기치조지에 있는 백화점에서 샀는데 외국의 유명 브랜드 제품은 아니고 일본제였다. 나는 스카프에 흔히 쓰이는 화려한 꽃무늬나 핑크 계열의 색조를 별로 안 좋아하기 때문에 그렇지 않은 물건을 찾고 있었고, 밝은 감색 테두리 안에 파란색, 갈색, 연지색 등으로 가을의 풀과 나무, 열매를 그려놓은 이 디자인이 그래서 아주 마음에 들었다. 구매한 뒤로 마흔 살 가까이 될 때까지 가을에서 겨울에 걸쳐 내내 애용했다.

원래는 하얬던 바탕색도 세월의 흔적으로 조금 탁해졌지만 계속 보관하고 있다. 하얀 바탕색이 탁해진 실크 스카프를 매는 게 괜찮을지 안 괜찮을지 모르겠지만, 남에게 불결한 인상을 주면 안 된다는 생각에 나도 모르게 최근 구입한 다른 스카프를 목에 둘러버린다. 하지만 새 스카프보다 오래 쓴 스카프가 목에 익어 두르기 편하다. 약간의 때와 얼룩 같은 건 신경 쓰지 않고 빈티지 실크 스카프를 사서 매는 사람도 있으니 아직은 두르고 다녀도 괜찮을지 모른다.

40대 때는 고급 브랜드의 스카프에 푹 빠져서 1년에 한 장은 샀다. 하지만 원래부터 비쌌는데 질금질금 가격이 오르더니, 언제였던가 전과 같은 가격인 줄 알았는데 흠칫 놀랄 만큼 비싸졌다는 걸 깨닫고 그 뒤로 멀어지고 말았다. 지금은 내가 처음 샀을 때보다 1.5배 비싸졌다. 그래도 매 시즌 어떤 무늬가 나왔는지 궁금해서 사이트는 챙겨보고 있다. 실제 물건은 안 봤지만 해가 갈수록 그 브랜드의 스카프가 내 얼굴에 안 어울리는 느낌이다. 기뻐해야 할지 슬퍼해야 할지 잘 모르겠다.

20년쯤 전에는 다 뜨면 페이크 퍼처럼 되는, 실크가 섞인 외국 털실로 조그만 목도리도 만들었다. 나는 키가 작아서 시판 목도리나 숄은 아무래도 길다. 직접 뜨면 길이와 폭을 조절할 수 있으니 그 점이 좋다.

'짙은 색 목도리의 무늬는 너무 공을 들이면 실패한다.'

과거의 이런 반성을 거울삼아, 또 실 자체의 털이 길기도 해서 심플한 메리야스뜨기를 하고, 길이도 내 키와 용도에 맞춰 폭 25센티, 길이 90센티로 만들었다. 진갈색과 와인색 두 개를 만들었는데, 대충 느슨하게 떴더니 사용하는 도중에 늘어나서 폭 18센티, 길이 120센티가 됐지만 딱히 문제는 없었다. 평상복에나 기모노 코트에나 다 잘 어울리고, 가볍고 따뜻하며 실크의 광택도 있어서 내 입으로 말하기는 좀 그렇지만 만듦새가 썩 괜찮았다.

이 목도리는 평판이 아주 좋았다. 내가 두르고 있는 모습을 본 편집자가

"그 목도리 어디 거예요?"라고 묻기에 직접 떴다고 대답했더니 자기도 만들 거라고 해서 털실 이름을 알려준 적도 있다. 또 마찬가지로 어디 브랜드 물건이냐고 물었던 친구는 뜨개를 하지 않아서 그에게 어울리는 검은 실을 구매해 떠서 선물했더니 기뻐하며 썼다. 아주 좋은 실이었는데, 2, 3년 만에 생산이 중단됐다. 곧바로 비슷한 느낌의 실이 나왔지만 합성섬유로만 제작돼서 실 자체가 너무 싸구려 같다. 젊은 사람이라면 괜찮을 수도 있으나 중년에게는 어울리지 않는 실이었다. 만약 예전 그 실이 다시 나온다면 이번에는 숄을 뜨고 싶다고 생각하고 있다.

나는 목도리보다 큰 숄도 시판 제품 중에서는 고르기가 어렵다. 코트 위에 걸치면 따뜻하다는 건 잘 알지만 내가 두껍고 큰 숄을 두르면

"추워서 담요를 짊어지고 왔습니다."

하는 모습이 된다. 그걸 피하고자 코트 아래에 목도리를 두르면 상반신이 북슬북슬해지니 이쪽도 꼴사납다. 가장 쓰기 편한 물건은 울과 합성섬유가 섞인 것인데, 울 100퍼센트 제품보다는 덜 따뜻하지만 축 늘어지는 무거운 느낌이 안 들어서 좋다. 무늬도 진갈색, 연갈색의 호피 무늬라면

너무 직접적일 테지만 파란색 바탕이니 호피 느낌도 옅어져 애용하고 있다. 접으면 콤팩트해지는 것도 좋다. 또 올해 친구가 선물해준 체크무늬 숄도 두께가 딱 좋아서 편하게 잘 쓰고 있다.

두르는 것은 '두르고 있습니다' 하고 티를 내는 게 아니라 자연스럽게 쓱 걸치고 싶다. 책을 사서 거기 소개된 방식대로 묶거나 둘러봤는데 내가 하면 전부 어딘가 이상하다. 여러 가지 연출법이 실려 있었지만 결국 가장 착 감기는 건 이른바 '욘사마 매듭'이었다. 욘사마의 팬도 아니고 딱히 멋진 매듭도 아니지만

'뭐, 어쩔 수 없지.'

포기하며 욘사마 매듭으로 목도리를 한다. 아직도 정진이 필요하다.

손목시계

젊은 시절의 물건
계속 즐기기

요즘은 스마트폰 이용자가 많고 그걸 보면 몇 시인지 금방 알 수 있어 손목시계를 차고 다니는 사람이 적어진 것 같다. 예전에는 일할 때 손목시계가 없다는 게 말도 안 되었는데 지금은 그렇지 않아졌다. 손목시계지만 시간을 알려주는 물건이라기보다 맥박이나 체온을 재서 건강을 체크해주거나 나침반이 되거나 신용카드 기능이 딸린 것까지 있는 모양이다. 작은 스마트폰이 손목에 있는 것이나 마찬가지다.

손목시계를 차는 것은 어른이 되기 위한 첫걸음이었다. 중학생 때는 학교에 가져가는 것이 금지되어 있어서 고등학교에 올라가서야 겨우 가질 수 있었다. 그것도 아버지에게 물려받은 심플한 세이코 시계였다. 아버지는 가정의 경제 사정은 무시하고 자신이 원하는 것을 먼저 사는 사람이었다. 갖고 싶었던 손목시계를 사자마자 그전까지 쓰던 물건을 나에게 준 것이다.

같은 반의 다른 여자애들은 날씬한 여성용 시계를 입학 선물로 받은 모양이었다. 반면 이성 친구의 호감은 사고 싶었지만 여성스러운 물건을 거부했던 나는 그 낡은 손목시계가 마음에 들었다. 내가 차고 있는 모습을 본 옆자리 남자애가

"남자 거 차고 있어? 그 손목시계 좋네"라고 말했을 때는 기뻤다. 그러나 우리 사이에 연애 감정은 없었다. 내가 다녔던 고등학교는 일부 페미니스트 여자아이와 반 페미니스트 남자아이가 서로 으르렁댔지만 이성이라기보다 동성이라는 느낌으로 사이가 좋았다.

그 남성용 손목시계는 대학생이 되어서도 계속 써서 광고회사에 취직하고 나서야 비로소 내 손으로 손목시계를 샀다. 되도록 심플한 물건을 사려고 백화점을 돌아다닌 결과, 그때의 것도 브랜드는 세이코가 되었다. 여성용이어서 남성용 손목시계에 익숙해진 눈에는 지름 2.5센티가량 되

는 문자판이 조금 작게 느껴졌지만, 물려받은 남성용 손목시계가 아니라 내가 산 손목시계라는 점이 기뻤다. 낡은 손목시계에도 애착이 가서 책상 서랍에 잘 넣어뒀다.

회사에서 일할 때는 휴일을 제외하면 매일 아침 일어나 밥을 먹고 출근 준비를 하고 집을 나서는 일련의 움직임 속에 손목시계를 차는 동작이 들어 있었다. 아무 생각 없이 손목에 찼다. 두는 장소도 정해져 있었기 때문에 손목시계가 안 보여서 찾는 일도 전혀 없었다. 판으로 찍어낸 듯이 모든 게 정해져 있었다.

그 뒤 서른 살에 회사를 그만두자마자 손목시계를 찰 마음이 사라졌다. 월급쟁이일 때는 일단 지각하지 않기 위해, 경리 업무로 은행에 갈 때도 몇 번이나 시간을 확인해야 했다. 전부 시간으로 움직였다. 자잘하게 시간을 신경 쓰지 않아도 괜찮아진 뒤로는 내가 산 손목시계도 책상 서랍 깊숙이 넣어뒀다. 밖에 나가면 얼마든지 시간을 알 수 있으니 내가 손목시계를 볼 필요는 없을 거라고 생각하게 되었다.

약속이 있거나 해서 필요할 때는 손목시계를 차고 나갔지만 그런 경우도 일 년에 손꼽을 정도밖에 없었다. 손목시계는 딱히 필요 없다는 느낌으로 생활하던 중, 언제가 일 때문에 해외에 갔을 때 함께 간 편집자 P 씨가 공항 안의 모든 면세점에서 물건을 사는 게 아닌가 싶을 정도로 쇼핑광이라는 것을 알게 됐다. P 씨는 면세점의 모 브랜드 손목시계 매장 진열장에서 눈을 떼지 못하고 있었다. 전시된 손목시계 중 하나에 첫눈에 반한 듯, 점원에게 왼쪽 손목에 채워달라고 해서 황홀하게 바라보고 있었다.

"이거 근사하죠?"

아주 예쁜 뱅글 타입의 손목시계였지만 나는 나보다 열두 살이나 어린 그가 가지기에는 아직 좀 이르다고 느꼈다. 지금으로부터 이십몇 년 전이었고, 면세점이긴 했지만 가격이 세 자리(○○○만 엔)에 약간 못 미칠 정도였기에

"좀 생각해보는 편이 좋지 않아?"라고 말했다. 그런데 그는 그 자리에서 그 손목시계를 샀고 함께 갔던 사람들은 모두 경악했다. 잘도 결심했다며 놀랐고, 한편으로는 그에게 어울리느냐 마느냐가 아니라

'저렇게 비싼 손목시계를 사면 대금을 지불할 수 있을까?'라는 점이 다들 신경 쓰였다.

36개월이었는지 48개월이었는지 까먹었지만 지불은 장기 할부로 했다고 나중에 듣고 조금 안심했다. 한데 5회분

까지는 냈지만 다른 물건도 할부로 샀기 때문에 6회째부터 대금을 못 갚게 되어서, 결국 그 사실을 안 남편이 불쌍히 여겨 계속 대신 내주었다고 한다. P 씨의 손목에는 언제나 그 손목시계가 반짝반짝 빛나고 있어서 그걸 볼 때마다

"아직 당신 것이 되지 않았지?"

하며 한숨을 내쉬었다.

P 씨의 남편이 여전히 할부를 갚고 있을 때, 또 일 때문에 P 씨와 같이 해외에 갔다. 그때는 훗날 급서한 소설가 사기사와 메구무 씨도 함께였다. 그는 P 씨의 손목시계를 보고

"굉장하네. 잘도 결심했구나."

하며 감탄했다. P 씨가 변함없이 면세점에서 쇼핑을 계속해서 우리는 뭘 사려는 마음도 없이 그 뒤를 따라다녔다. 그중에 P 씨가 산 손목시계 브랜드 매장이 있었다. 사기사와 씨가 진열장을 보다가 내게

"이거 어울릴 것 같은데?"

하더니 그 안에 있던 손목시계를 가리켰다. 문자판은 사각형이었고 스틸 스트랩에 금색 라인이 두 줄 들어가 있었다.

"으음, 나한텐 그것보다 라인이 한 줄인 게 잘 어울릴 것 같아."

그런 대화를 나누고 있자 점원이 다가와 두 줄짜리와 한 줄짜리를 꺼내줬다. 먼저 두 줄짜리 손목시계를 손목에 차 보고

"나한텐 좀 화려하잖아"라고 했더니 사기사와 씨가

"응, 그런 것 같네."

했고, 그다음에 내가 한 줄짜리를 차서 보여주자

"그게 더 잘 어울리네. 본인께서 어울리시는 물건을 알고 계십니다"라고 말했다. 나는 손목시계를 살 생각이 없었지만 사기사와 씨가

"열심히 일하고 있으니까 이 정도 사치는 괜찮잖아? 액세서리 대용도 되니까."

하며 추천했고, 가격도 마침 반값이라서 사고 말았다. 내가 손목시계를 샀다는 것을 안 P 씨가

"뭐 샀어요?"

하고 반짝이는 눈빛으로 묻기에

"당신이 사신 것의 4분의 1쯤 되는 가격의 물건입니다."

했더니

"아유, 참."

하며 몸을 비틀었고,

"하지만 할부가 아니라 일시불이죠? 이 손목시계는 아직 제 것이 안 됐는걸요"라면서도 그 옆의 고급 브랜드점으로 달려가 오렌지색 퍼프 슬리브 블라우스를 샀다.

 마음에 들기는 했지만 그럴 예정 없이 샀다는 것과 가격이 반값이었던 점이 걸려서, 일본으로 돌아온 뒤 백화점에 입점해 있는 그 브랜드의 매장으로 가져가 봐달라고 했더니 틀림없는 정품이라기에 안심했다. 사용해보니 손목에 착 감기고 무게도 별로 느껴지지 않아서 밸런스를 생각하고 만들었다는 것을 알았다. 팔찌처럼 외출할 때 찼더니 그걸 본 사기사와 씨가

 "역시 그 손목시계 좋네. 난 두 줄짜리 살까?"라기에

 "그것도 괜찮겠네. 메구무한테는 그게 더 잘 어울릴 것 같으니까."

 하고 대답했다.

 P 씨의 손목시계 할부가 끝나서

 "드디어 제 것이 되었습니다"라고 선언했을 때는 너무도 오랜 기간이었기에 다들 그가 고가의 손목시계를 샀던 것조차 까먹고 있었다.

 "아, 잘됐네."

하며 모두가 P 씨 남편의 다정함을 칭찬했고,

"나이를 먹으면서 잘 어울리게 된 것 같아요"라며 좋아하던 그에게

"응, 잘됐네."

하고 함께 기뻐해줬다. 지금은 태어났을 때부터 그 손목시계를 차고 있었던 것처럼 P 씨에게 아주 잘 어울린다.

남자는 여자보다 손목시계에 대한 애착이 큰 모양인지, 내 담당 편집자였던 남자가 부서 이동을 하게 되었는데 책상 서랍 속에 넣어둔 손목시계를 어떻게 할지 고민이라는 메일을 보내왔다. 언젠가 불쑥 들어간 가게에 마음에 드는 손목시계가 있어서 그걸 샀더니 손목시계 욕심이 갑자기 끓어올랐고, 그 뒤로 아내에게는 비밀로 사 모으게 되었다고 한다. 집에 들고 갈 수 없어서 회사 책상 서랍에 넣어뒀는데, 부서 이동 때 소지품을 정리했더니 손목시계가 연신 나왔고 세어보니 백 개도 넘더라는 내용이어서 깜짝 놀랐다. 그건 절대로 집에는 못 들고 가니까 회사의 새 책상에 그대로 몰래 넣어두라는 메일을 보냈더니

"역시 그러는 수밖에 없겠지요?"라는 답신이 왔다. 무자식에 귀여운 시바견과 아내와 셋이 살아서 아이 교육비가

드는 것도 아니고 골프 같은 취미도 없으며 술도 거의 마시지 않으니 취미로 좋아하는 물건을 사도 되지 않을까 싶지만, 역시 백 개씩이나 되면 부인이 받을 충격도 클 것이다. 남자는 넥타이나 손목시계로 자신의 멋을 어필하는 때도 있는 것 같다. 본인의 사회적 지위를 손목시계로 드러내기도 한다. 백 개를 가진 남자도 실은 스켈레톤 손목시계가 갖고 싶어서 살까 말까 망설이고 있다고 했다. 생활을 파탄 내거나 가족에게 부담을 주면 안 되지만, 자신이 좋아하는 물건을 사는 건 인생의 즐거움이기도 할 테지.

내 손목시계는 취미라기보다 실용품이라서 지금은 가죽 스트랩이 달린 게 하나, 스틸 스트랩인 것이 두 개다. 가죽 스트랩 손목시계는 처음에는 검은색 무광 스트랩이 달려서 상복용으로 썼다. 어떻게 세공된 것인지 모르겠지만 문자판을 뒤집어 숨길 수 있다는 점이 좋아서 사용했다. 그런데 가족장이 많아지며 장례식에 참석할 기회가 드물어졌기 때문에 재작년에는 핑크색, 작년에는 초록색, 그리고 올해는 와인색 가죽 스트랩으로 바꿔 달아가며 스틸 스트랩이 차갑거나 뜨겁게 느껴지는 한겨울과 한여름에 찬다.

스틸 스트랩 두 개는 같은 브랜드 제품인데 하나는 앞에서 말한 이유로 샀고, 다른 하나는 일본에 세 개밖에 안 들어왔다고 설득당해, 생각하고 또 생각한 끝에 아직 돈이 있을 때 샀다. 내 여태까지의 인생에서 세 번 정도 있었던, 눈딱 감고 절벽에서 뛰어내리는 심정으로 질렀지만 발을 삐끗한 거액의 쇼핑 중 하나다. 언젠가 대담 상대였던 분이 내 것과 같은 타입인데 문자판에 작은 다이아몬드가 빼곡하게 박혀 있는 상당히 등급 높은 물건을 차고 있었다. 그걸 보고

'대체 얼마쯤일까?'

하며 머리가 어질어질했던 기억이 있다.

편리함의 측면에서 보면 손목시계란 지금은 필요치 않은 물건일 수도 있지만 나는 손목시계를 손목에 차는 행위를 아주 좋아한다. 내가 가진 손목시계는 전부 전지식인데, 태엽을 돌리는 타입이라면 손이 가는 만큼 사랑스러움은 더욱 커질 것이다. 생활 속에 편리하지 않은 물건이 있어도 좋다. 여태껏 그래왔듯 몇 번이나 점검하고 수리해가며 이 손목시계들을 소중하게 사용하고 싶다.

18

지요가미, 포장지

북커버 씌우기

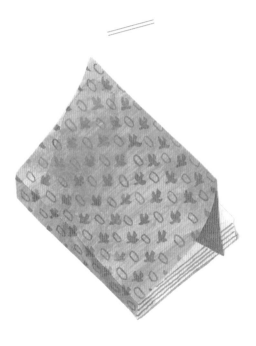

지금도 가지고 있는 물건을 반 이하로 줄이기 위해 처분하는 중이라 매일 조금씩 필요 없는 것을 선별하고 있지만, 일이 있으면 그쪽에 시간을 뺏겨 작업이 영 진행되지 않는다. 요즘은 시간이 좀 나서 여태까지 손을 대지 못했던, 책 두는 방이 되어버린 공간을 정리하는 작업을 시작했다. 책장 말고도 방 한구석에 종이박스가 쌓여 있다. 여태까지 쓴 책과 사용한 자료 등이 가득 담겨 있는데, 서른 몇 해 동안 일을 해오다 보니 양도 나름대로 많아졌다.

　그 작업을 하던 중 커다란 파일이 나왔다. 이건 대체 뭐였더라 하며 안을 열어보자 이세다쓰라는 회사에서 발매한 지요가미였다. 이십몇 년 전 단행본 장정에 쓸 수도 있겠다며 담당 편집자가 자료 삼아 사 온 종이다. 결과적으로 옛날풍 장정은 관두고 일러스트레이터가 그림을 그리게 되어 편집자가 나한테 준 것을 그대로 보관해뒀다. 햇빛에 닿지 않아 변색도 안 되었고 낡지도 않았다.

전에도 이 연재에 썼지만 나는 종이류를 버리는 게 너무 힘들다. 포장지는 물론이고 5센티쯤 되는 종이에 내 취향의 고양이 일러스트가 그려져 있기만 해도 버릴 수 없다. 선물 받은 쿠키가 들어 있던 양철상자 속에 넣어둔다. 정리의 달인이 보면

"그렇게 하니까 물건이 줄지 않는 거예요!"

하고 혼낼 것 같지만, 낮 동안 일을 하고 저녁밥을 만들어 먹은 뒤 양철상자를 살짝 열고 거기에 있는 도장 찍힌 우표나 귀여운 포스트잇, 잡지에서 잘라낸 내 취향의 못생긴 고양이 사진 같은 걸 보면서

"후후후훗."

하고 싱글거리는 게 나의 행복이다.

거기서 등장한 물건이 존재를 아예 잊고 있었던, 수작업으로 인쇄한 지요가미였다. 요즘에는 과거의 일을 재깍재깍 떠올리지 못하게 됐지만 생각하다 보니 이것저것 기억

이 났다. 편집자에게 받은 지요가미 가운데 몇 장을 책 커버로 만들었던 것이다. 문짝 달린 책장을 찾아봤더니 히나인형* 무늬의 지요가미로 커버를 씌운 책이 나왔다. '메이지의 문학'이라는 시리즈 중 히구치 이치요 작품집이다. 이 시리즈는 이것 말고도 도쿠다 슈세이**와 사이토 료쿠*** 작품집을 두 권 더 샀기 때문에 그 책들에도 지요가미 커버를 씌웠던 기억이 떠올랐다. 하지만 그 두 권은 문짝 달린 책장에서는 보이지 않았으니 어딘가 박스 속에 섞여 들어가 있는 모양이다. 어떤 무늬의 지요가미였는지는 기억이 안 난다.

예전에 바자회 안내장이 와서 책 정리를 겸해 물건을 내려고 하다가 마감일이 지나 못 보낸 적이 있다. 그래서 책두는 방에는 정리를 다 하지 못한 책과 잡지가 바닥에 쌓여 있고 종이박스에도 가득 차 있다. 게다가 에세이 주제 중에 책도 있는 연재를 시작할 예정이라서 가지고 있는 것을 가볍게 처분하지 못하게 되었고, 평소에 사는 양보다 더 많이

---

* 여자 어린이의 건강과 행복을 기원하며 매해 3월 3일에 치르는 일본 전통 축제 히나마쓰리 때 단에 장식하는 인형.
** 일본 근대 자연주의 문학의 대표 작가.
*** 일본 메이지 시대의 소설가 겸 평론가.

사게 되어 책은 더더욱 증식할 뿐이다.

일을 하다 보면 가끔 책 두는 방에서 '털썩' 하는 둔탁한 소리가 난다. 상황을 보러 가면 쌓아둔 책과 잡지가 무너져 바닥에 이리저리 흩어져 있다. 그걸 모아서 대충 쌓아두니 더더욱 어디에 뭐가 있는지 모르게 된다. 그러면서도 필요한 책이 어디쯤 있는지는 얼추 알아서

'이쯤이지.'

하며 책의 산을 뒤지기 시작하면 아래쪽에서라도 반드시 발굴되는 게 신기하기도 하다. 이럴 때는 책에 커버를 안 씌워둬서 정말 다행이라고 생각한다. 커버를 씌우면 무슨 책을 가졌는지 파악할 수 없다. 북커버는 책을 잘 정리할 수 있는 사람을 위해 존재하는 물건이다.

나는 예전부터 책에 커버를 씌우는 걸 싫어해서 지금도 서점에서 책을 사면

"그냥 주세요. 커버도 봉투도 필요 없어요"라고 말하고 영수증과 책을 받아서 돌아온다. 옛날에는 책이 매우 귀한 물건이었기 때문에 책을 살 때 커버를 씌워달라고 하는 사람이 많았다. 아무 말 하지 않아도 서점 아저씨가 커버를 씌워줘서 그걸 건네받았고, 여러 권 사면 고무 밴드로 묶어주

기도 했다. 커버를 씌운 책을 다시 봉투에 넣어주는 건 나중에 생긴 문화인 것 같다. 요즘은 과도한 포장을 피하게 되어서 봉투를 거절하는 사람도 많지만, 서점에 가면 커버를 씌워달라고 하는 손님이 아직 있다.

나는 대학 다닐 때 학비와 용돈을 벌기 위해 쭉 서점에서 아르바이트를 했다. 계산 담당과 포장 담당의 2인 1조로 카운터에 서는데, 나는 계산을 맡았지만 포장을 맡은 점원이 화장실에 가거나 손님이 책 재고를 확인해달라고 해서 그쪽 담당자에게 물어보러 가 자리를 비울 때면 책에 커버를 씌우는 것도 나의 역할이었다.

카운터에는 문고본, 신서, 단행본의 크기별로 잘라둔 포장지가 놓여 있었다. 가로 8센티, 세로 15센티, 두께 7밀리 정도의 손때 묻은 나무판도 두 장 놓여 있었는데, 책에 커버를 빨리 씌울 수 있도록 시간이 날 때 각각의 책 크기에 맞춰 종이를 몇 장씩 겹쳐서 접는다. 종이 위에 나무판을 대고 딱 맞게 접는 선을 만들어두는 그 일이 업무의 일부였다. 계산할 때 "커버 씌워주세요"라는 말을 듣고서야 커버용 종이를 접기 시작하면 시간이 걸리기 때문이다.

손님이 안 오면 계산 담당자도 한가해서 두 사람이 카운터에서 부지런히 커버용 종이를 접었다. 지금으로부터 45년 쯤 전의 이야기지만 당시는 커버가 필요 없다는 사람이 드물었다. 커버를 씌우고 봉지에도 넣어달라는 사람도 많았다. 그대로 들고 가게에서 나가면 도둑으로 오해받을 가능성도 있고, 카페나 전철에서 읽을 때는 책 제목을 가리고도 싶었을 것이다.

개중에는 단행본을 두 권 사서 커버를 씌워달라고 한 뒤에 "그 종이 다섯 장 주세요"라며 가지고 가는 사람도 있었다. 우리가 아무 생각 없이 서비스할 요량으로 건넸더니 나중에 주임이 와서 그런 요청을 받아도 정중히 거절해야 한다고 말했다. 이유를 묻자 개중에는 받은 커버를 들고 다른 가게에 가서 책을 훔쳐 그 커버로 감싸고, 점원이 뭐라고 해도

"다른 가게에서 샀어요"라고 말하는 무리가 있기 때문이라고 해서 우리는 깜짝 놀랐다. 그리고 커버용 종이를 달라고 했던 남자의 모습을 떠올리며

"그 사람, 책을 훔칠 작정인 걸까. 아니면 그냥 갖고 싶었던 것뿐일까."

하고 소곤거렸다. 확실히 도둑은 남녀노소를 가리지 않

고 있었고 나름대로 큰 서점이었기에 거의 매일이라 해도 좋을 정도로 범인이 잡혔는데, 그들이 붙잡혀 얼굴을 볼 때마다 화가 난다기보다 슬픈 마음이 들었다.

나는 책을 이동수단 안에서는 못 읽고 집에서만 읽을 수 있어서 북커버는 필요 없다. 확실히 책장에 나란히 꽂아두면 서로 다른 서점의 북커버라도 나름대로 통일감이 생기니 정리된 느낌이 들어 보일 수도 있다. 하지만 나는 일 때문에 책이 급하게 필요해지는 경우도 많으니 척 봐서 뭔지 모르면 곤란하다. 그런데도 필요한 책을 모두 금방 찾아내지 못하는 게 큰 문제다.

편집자에게 받은 지요가미를 그대로 보관해봤자 어떻게도 되지 않고, 그렇다고 버릴 수도 없었다. 그래서 절대로 처분하지 않을 책의 북커버로 만들려고 했던 것이지, 책에 커버를 씌우는 게 가장 큰 목적이었던 건 아니다. 지요가미로 뭔가 소품을 만들 재주도 없고, 아름다운 종이를 잘게 자르는 것도 마음이 아파서 되도록 그대로 쓸 방법을 찾다 보니 내게는 북커버밖에 떠오르지 않았던 것이다. 친구가 "꼭 남자 방 같네"라고 하는 내 방에는 귀여운 색깔과 무늬가 찍혀 있는 지요가미가 어울리지 않지만, 책장에는 이런 게 몇 권쯤 있어도 괜찮지 않을까 싶다.

　몇 년쯤 전에 본인 기모노의 자투리 천을 이용해 북커버를 만드는 여자를 잡지에서 봤다. 우리 집에도 기모노 자투리 천이 잔뜩 있어서 괜찮은 방법이구나 싶었다. 그래서 언젠가 마음먹고 형지型紙* 까지 만들었지만 안감을 대기 위한 비단용 심지 같은 것도 준비해야 해서 재료를 갖추지 못한 채 시간이 흘러버렸다. 이때 역시 책에 커버를 씌우는 게 목적이 아니고 자투리 천을 이용하는 방편으로 북커버를 생각했던 것이다. 내가 북커버를 좋아하는 사람이었다면 두말할 것 없이 즉시 만들었겠지. 를뤼르reliure** 는 분명 못 하겠지만, 언젠가는 내 추억이 담긴 자투리 천으로 앞으로도 계속 읽고 싶은 책을 감싸는 건 나쁘지 않으리라 생각한다.

　내 마음에 드는 종이가 늘 있는 건 아니지만 가끔은 우연히 생기기도 한다. 작년에 지인의 친구 집에 놀러 갔을 때 그분이 대접한 홍차가 너무 맛있어서 브랜드명을 물었더니 싱가포르의 TWG였다. 도쿄 도내에서 살 수 있는 곳을 찾

---

* 재단이나 염색 등을 위하여 본을 뜬 종이.
** 수작업으로 책을 제본하고 장정하는 것.

아보자 마루노우치, 긴자, 후타코타마가와, 지유가오카밖에 없어서 긴자 근처에 갈 일이 생겼을 때 한 번에 많이 사고는 했다. 그리고 작년 크리스마스 때, 내가 그 홍차를 좋아했던 게 생각나서 보낸다며 그분이 예쁜 상자에 넣어 멋진 포장지로 감싼 홍차 세트를 주셨다. 물론 내용물도 기뻤지만 그 포장지의 두께도 그렇고 무늬도 그렇고 그대로 버리는 게 너무 아까워서 보관해뒀다. 내가 직접 뭘 살 때는 포장을 거절하기 때문에 아름다운 포장지는 선물 받는 물건을 통해서만 만날 수 있다. 게다가 이 포장지는 한쪽 면이 갈색 바탕에 노란색 무늬, 다른 쪽 면은 노란색 바탕에 갈색 무늬라서 뒤집어서 쓸 수 있다. 이 브랜드의 홍차는 다른 제품보다 값이 비싼데, 뭐 그 또한 포장지와 쇼핑백 가격이 포함된 것이겠지만 내가 생각해낸 게 또 북커버였다.

포장지를 반으로 잘랐더니 문고본 두 권 분량이 충분히 나왔다. 책장 앞에 서서 어떤 책에 커버를 씌울까 생각하다가 판권에 쇼와 60년*이라고 적혀 있는, 가도가와문고에서

---

* 1985년.

나온 시노하라 가쓰유키의 『폭풍 속을 누렁이가 달린다』
『호히안 심심풀이 일기』 두 권에서 시선이 멈춰, 이 두 책에
각각의 면으로 커버를 씌우기로 했다. 왜 이 두 권으로 정했
느냐면 책장에 있는 문고본 중에서 오래된 것이고 변색되
기도 해서 보살펴주자는 생각이 들었기 때문이다. 초등학
생 시절부터 읽어온 일본 문학의 문고본도 있지만 그것은
낡으면 다시 사서 상태가 괜찮다. 문고본으로 나왔다 해도
언제든 손에 넣을 수 있는 것은 아니므로 가지고 있는 책을
소중히 여기자 싶었다. 같은 저자의 『인생은 다이아몬드』
도 있는데 이건 단행본이어서 사이즈가 크고, 종이를 최대
한으로 살린다고 생각해서 이번에는 커버를 씌우지 않기로
했다.

　종이를 자르고 책에 씌우면 분위기가 또 바뀐다. 책 디자
인을 하듯 책의 내용과 수제 북커버를 내 나름대로 코디하
는 것도 재미있을 듯하다. 수작업으로 인쇄한 지요가미를
씌운 히구치 이치요 작품집과 홍차 포장지를 씌운 『호히안
심심풀이 일기』가 나란히 꽂혀 있어도 내 선택이라는 점에
서 좋지 않은가.

　두께가 3.7센티나 되어서 꼭 커버를 씌우고 싶은 『아라키

요코 전애정집全愛情集』이라는 책이 있는데, 이것에 어울리는 북커버로 쓸 만한 종이가 우리 집에는 없다. 북커버로 만들기 위해 일부러 구하는 게 아니라 우연히 우리 집에 들어온 종이 중에서 만들고 싶다. 기모노 자투리 천 더미를 살펴봐도 그 책의 내용과 어울릴 만한 것은 없었다. 앞으로 장서를 최소한으로 줄여서 종이나 천으로 그 책들에 어울리는 커버를 만들어 책장에 나란히 꽂아두는 것도 노후의 즐거움으로서 괜찮을지도 모른다는 생각이 든다.

19

빗자루와 먼지떨이

청소를 심플하게

옛날부터 전기 청소기를 좋아하지 않았다. 자취를 처음 시작했을 때도 청소기 없이 빗자루로 청소를 했다. 40년 전에는 퀵클Quickle* 어쩌고 하는 편리한 청소 도구 같은 게 없어서 비질 뒤에는 마른걸레와 물에 적신 걸레, 신문지를 썼다. 당시는 둥글게 뭉쳐서 물에 적신 신문지로 유리창을 닦으면 얼룩이 잘 없어진다고들 했다.

전기 청소기의 어떤 점이 싫냐면 일단 청소를 하기 전의 세팅이 귀찮다. 주름관으로 된 호스를 본체에 연결하고, 끼

* 청소 도구와 세제 등을 발매하는 일본의 브랜드.

우게 되어 있는 플라스틱 관을 호스에 삽입하고, 흡입구의 브러시를 다다미용으로 할지 카펫용으로 할지 선택하고, 코드를 죽죽 당겨 꺼내서 플러그를 콘센트에 꽂는다. 그러고 전원을 켜면 겨우 쓸 수 있는데, 넓은 방에서 돌리는 것이 아니므로 본체가 여기저기에 부딪히고 또 그 바람에 벌렁 뒤집힌다. 혀를 끌끌 차며 일으켜 세운 뒤 가구 틈새를 청소하려고 하면 이번에는 흡입구의 브러시를 끝이 대각선으로 잘린 부속품으로 바꿔 달아야 한다. 여러 가지로 귀찮은 데다 본체의 엉덩이에서 먼지투성이 공기도 뿜어져 나온다. 점차 불편한 점이 개량되어 본체가 잘 안 뒤집히게 바뀌고 무게도 가벼워졌지만 그래도 살 마음은 생기지 않았다. 바닥이 다다미와 마루인 집이어서 청소는 빗자루로 충분했다.

제대로 된 청소기를 산 것은 지금 집으로 이사 온 28년 전이다. 카펫이 깔린 방이 두 군데 있어서 그곳을 청소하려면 청소기가 필요했다. 그래서 청소기에서 배출되는 공기가 공기청정기급이라는, 호흡기에 지병이 있는 사람들에게 인기인 외국 브랜드의 청소기를 샀다. 배기 문제도 전혀 없고 흡입력도 괜찮았지만, 여하튼 외국인 기준으로 만들어진 제품이라서 무거운 게 곤란했다. 일일이 세팅하기도 귀찮아 방구석에 기대어 세워뒀는데, 청소할 때마다 그것을 이영차 들고나오는 것도 힘들었다. 국산 청소기라도 격투하는 기분이 드는데, 외국 브랜드 제품은 청소할 때마다 그보다 더 진이 빠져서 집은 깨끗해지지만 녹초가 되었다.

그 뒤 고양이를 거두고부터는 매일 청소할 필요가 생겼다. 마룻바닥인 거실은 아침에 일어나자마자 청소포를 씌운 밀대로 닦는다. 우리 집 고양이는 수의사로부터 장모종 서양 고양이와 일본 고양이의 혼혈 같다는 말을 들었는데, 순수한 단모종이 아니라서 털이 가늘고 부드러우며 길다. 그리고 빠진 털은 방에서 멀리 떨어진 곳까지 나풀나풀 날아간다. 물론 고양이는 집 안 구석구석을 뛰어다니며, 카펫 깔린 방에서는 등을 바닥에 대고 벌렁 드러누워 몸을 비볐다.

다다미 바닥과 마룻바닥 방은 문제없지만, 카펫 깔린 방 청소가 큰일이었다. 게다가 고리 모양으로 직조된 카펫이라서 고양이 털이 뒤엉켜, 아무리 청소해도 거기서 털이 자라고 있는 게 아닐까 싶을 만큼 연신 나왔다. 그러다가 거대한 청소기를 돌리는 것에 지쳐 그걸 처분하고 작은 국산 청소기를 샀다. 크기가 아담하고 먼지봉투도 필요 없으며 꽤

험하게 써도 본체가 뒤집히지 않는다. 과연 신제품은 잘 만들어져 있구나, 감탄하며 썼지만 귀찮은 건 마찬가지였다. 소형이니 어쩔 수 없겠지만 흡입력이 그저 그런 것도 문제였다.

그 뒤로는 카펫 깔린 방을 청소할 때면 미리 고양이 털을 제거해두기 위해 물에 적셔서 꼭 짠 걸레나 수세미, 두꺼운 고무장갑 등으로 카펫을 문질렀지만 완벽하다고 하기에는 어딘가 부족했다. 점점 아무래도 좋다는 심정이 되어 카펫 깔린 방은 청소기를 대충 윙윙 돌리는 정도로 끝냈고, 카펫 고리에 뒤엉켜 숨어 있을 고양이 털은 없는 셈 쳤다.

그런 이야기를 친구에게 했더니

"스틱형 청소기가 좋아. 지난 시즌 제품이면 값도 싸졌을 거고."

하고 추천했다. 친구 집은 3층짜리 단독주택인데 청소기를 들고 계단을 오르내리는 게 귀찮아서 각 층에 뒀다고 한다. 전부터 좋다고 소문난 그 외제 청소기를 인터넷에서 찾아보니 조금 오래된 타입이라서 가격도 저렴했다. 확실히 충전은 필요하지만 그것만 해두면 쓰고 싶을 때 재빨리 쓸수 있는 게 좋다.

얼른 사서 조립하고 충전한 뒤 카펫 깔린 방에서 써봤다. 외제라도 이 정도 무게면 견딜 만하다. 우리 집 카펫은 회색인데 색깔이 순식간에 밝아졌다. 깜짝 놀라고 있었더니 이번에는 흡입구에서 먼지가 튀어나왔다. 고작 다다미 한 장 반 정도밖에 청소하지 않았는데 청소기 내부의 먼지 통이 꽉 차버린 것이었다.

"으악, 이렇게 많이 나오다니."

전원을 끄고 관 부분까지 가득 차 있는 고양이 털과 먼지를 비운 뒤

"무섭구나, 무서워."

중얼거리며 청소를 끝냈다. 여태까지 써온 청소기는 대체 뭐였나 싶었다. 편리한 스틱형이지만 아무래도 역시 청소기는 좋아할 수 없다. 나 스스로는 청소를 싫어하는 사람이라고 생각하지만, 청소를 할 때는 빗자루가 가장 홀가분하고 편하다.

몇 년쯤 전에 '걸어두는 빗자루'라는 소형 빗자루를 사서 냉장고 측면에 큼직한 자석 후크를 붙이고 거기에 걸었다. 빗자루에는 일반적으로 어딘가에 걸기 위한 튼튼한 실이 달려 있는데 서양식 방에는 그것을 걸 장소가 없다. 반면 이

걸어두는 빗자루는 자루 끝이 우산 손잡이처럼 구부러져 있어서 걸 수 있게 되어 있다. 우리 집 부엌은 좁아서 청소기는 쓰기 불편해 이 빗자루로 쓱쓱 쓸어왔는데, 거실을 청소하는 김에 부엌도 밀대로 밀게 된 뒤로는 냉장고 옆에 걸어둔 채 방치하고 있었다.

이게 있었구나 하며 호지차와 홍차 찌꺼기를 쓸어낸 다음 마룻바닥인 부엌과 거실을 청소해보니 기분 좋을 정도로 청소가 빠르게 끝난다. 빗자루는 좁은 곳에서도 방향을 자유롭게 바꿀 수 있다는 점이 좋다. 쓰레기는 '하리미'라는 전통 쓰레받기에 모은다. 하리미에는 감물이 발라져 있어서 방충, 제충 효과가 있고 정전기도 일어나지 않는다고 한다. 전기를 쓰지 않으니 친환경적인 느낌도 난다.

역시 빗자루는 좋다는 생각을 하던 중 이걸 구매할 때 자루가 긴 종려나무 빗자루와 먼지떨이도 함께 샀던 것이 떠올랐다. 둘 다 산 직후에는 얼마간 썼지만 고양이를 기르기 시작한 뒤로는 거실과 부엌, 욕실 앞의 다용도 공간에는 밀대를, 다다미와 카펫 깔린 방에는 소형 청소기를 쓰게 되어 꺼낼 일이 없어졌다. 처분한 기억이 없으니 집 어딘가에는 있을 것이다.

"어디에 뒀더라?"

하며 찾아보니 책 두는 방의 문짝 달린 책장과 벽 사이 틈에 기대어 세워져 있었다.

"오, 이거야."

잊고 있었던 점은 빗자루에게 면목 없지만, 이 튼실한 빗자루도 이제부터는 일하게 할 것이다. 이 종려나무 빗자루는 볼륨이 풍성해서 원래는 다다미와 카펫, 마룻바닥에도 쓸 수 있다. 하지만 실제로 우리 집 고양이의 털이 뒤얽혀 있는 카펫을 쓸어보니 털과 먼지가 빗자루에 엉겨 붙고 흩날린다. 고양이 털이 없어야 평범하게 쓸 수 있을 듯하니 우리 집 고양이가 건강하게 지내는 동안에는 카펫 깔린 방은 스틱형 청소기를 쓸 생각이다.

현관과 베란다에서 쓰는 빗자루도 계속 쓰던 것이 망가져서 물에 강하고 튼튼한, 인도네시아산 나무에 휘감겨 있는 섬유를 이용해 만든 제품을 샀다. 내가 세 들어 사는 집은 베란다가 아주 넓어서 바람이 세게 부는 날이면 날아올라온 흙먼지, 모래 먼지, 나뭇잎 등이 흩어져 있어 베란다용 빗자루는 필수품이다. 전에 쓰던 것은 양판점에서 사서 자루가 짧은 일반적인 베란다용 빗자루였지만, 앞으로 쓸 것은 불필요하게 허리를 굽히지 않아도 되도록 자루가 긴 것을 골랐다. 장인이 손으로 만든 물건인데도 세금 빼고 천오백 엔이라서 아주 고마웠다.

나는 키가 150센티인 탓에 발돋움을 해도 높은 곳에 있는 먼지가 잘 안 보인다. 그래서 원래는 종려나무 먼지떨이로 높은 곳을 쓸어 먼지를 없앴는데, 요즘 계속 게으름을 피워서 밀대의 청소포를 새것으로 갈면 먼저 그걸로 높은 곳을 닦고 어물쩍 넘어가게 되었다. 하지만 최근에는 생활 속에서 플라스틱을 되도록 배제하려고 노력하고 있어서, 지금까지 썼던 밀대가 낡은 것을 기회 삼아 목제 제품으로 다시 샀다. 청소포는 이제 다섯 장 정도 남아 있어서 그걸 다 쓰면 필요 없는 면이나 삼베옷을 잘라 만든 일회용 청소용 천을 물려 쓰려고 생각하고 있다.

먼지떨이도 전통적인 제품이 쓰기 편하지 않을까 해서 찾아봤더니 역시 팔고 있기에 엉겁결에 사버렸다. 나는 어릴 적부터 서점에서 책을 서서 읽지는 않았지만, 옛날에는 서점에서 책을 서서 보면 반드시 먼지떨이가 등장했다. 서점 주인이 입으로는 아무 말 안 해도 먼지떨이로 책장을 탁탁 두들기기 시작하면

'이제 좀 집에 가.'

하는 사인이었다. 같은 반 남자애가

"그 책방은 먼지떨이 아저씨가 금방 온다니까."

하며 불평했던 것을 기억하고 있다.

이 먼지떨이의 머리 부분은 전에는 순견으로 만들었다. 나는 어릴 때 먼지떨이 수리 담당이었다. 수리라 해도 쉽게 망가지는 물건은 아니라서 더러워진 천을 갈아 끼우는 일이었다. 몇 년에 한 번 하는 작업이었는데, 나한테는 아주 재밌었다. 먼지떨이 자루의 되도록 윗부분에 얇고 짧은 못을 박는다. 집에 있는 자투리 천을 폭 4~5센티, 길이 60~70센티 정도의 직사각형으로 자르고 중앙에 봉이 통과할 정도의 구멍을 뚫는다. 그리고 손잡이 쪽부터 천을 통과시켜나가는데, 조금씩 천을 엇갈리게 놓으며 못을 뒤덮듯이 씌워서 안 보이게 감추고, 끝에서 가까운 못의 뿌리 부분을 끈으로 단단히 묶어서 고정하면 먼지떨이가 완성된다. 새것에는 흰색이나 분홍색 천이 달려 있었는데, 그걸 집에서 교체하면 엄마의 낡은 주반 같은 것도 잘라서 쓰기 때문에 하얀 바탕에 핑크색 무늬가 생기기도 했다. 먼지떨이를 휘두르며 신사의 신관 흉내를 내기도 하고 놀러 오는 길고양이에게 흔들어주기도 했으니 어린이의 장난감도 되었다.

하지만 종려나무든 순견이든 먼지떨이를 쓰면 내 경우 머리 위에서 먼지가 떨어져 내리기 때문에 머리를 보호해야 한다. 근처에 있는 손수건을 머리에 쓰기도 하지만 객관적으로는 남들에게 그다지 보여줄 수 없는 모습이다. 먼지를 떤다기보다 훔쳐낸다고 하는 편이 좋을지도 모른다.

청소를 싫어하는 나로서는 집에 두어도 흉하지 않은 먼지떨이가 있으면 좋을 듯해 찾아보니 레데커라는 회사의 염소털 먼지떨이가 있었다. 생긴 게 귀여우니까 이거라면 집에 둬도 꼴사납지 않다. 먼지떨이라 해도 일본 제품 같은 모양이 아니라 큰 붓처럼 생겼다. 27센티짜리 짧은 나무 자루에 두둥실 펼쳐진 치마 같은 형태로 7센티 길이의 털이 달려 있다. 나는 흰색을 샀는데 하얀 털 속에는 검은 털이 지름 2센티 정도로 동그랗게 심겨 있고, 검은색 제품의 검은 털 속에는 마찬가지로 하얀 털이 동그랗게 포인트가 되어 있어서 귀엽다. 써보니까 털이 아주 부드러워서 먼지도 잘 털린다. 오래된 먼지는 잘 털어지지 않을 듯해 매일 부지런히 청소하는 게 중요하다는 것을 알았다.

날씨가 따뜻해져서 문과 창문을 열고, 곧장 청소에 돌입할 수 있는 빗자루를 손에 들고 바닥을 쓸고 있으면, 청소를 싫어하는 나일지라도 깨끗해지는 게 즐겁다.

불상, 성모 마리아상, 고양이상

마음이 포근해지는
장식품

나는 특정 종교를 믿지는 않지만 불상이나 성모 마리아 상을 비롯한 여러 신의 동상을 보면 나름대로 아름답다고 느낀다. 특히 불상을 보면 늘 고류지廣隆寺에 있는 국보 미륵 보살상 이야기가 떠오른다. 내가 어릴 적 아름다운 불상의 대명사는 이 미륵보살상이었다. 당시의 나는 그 아름다움 을 알지 못해서

'흐음.'

하며 시큰둥하게 텔레비전에서 나오는 영상이나 사진을 봤는데, 어른들이 그 아름다움을 표현할 때면 교토대학의 학생이 이 불상의 아름다움에 홀려 동상의 약지를 꺾어버 렸다는 이야기가 반드시 세트로 붙어 있었다. 그 이야기를

들어도 당시의 나는 이해가 되지 않았다.

　새삼 인터넷으로 찾아보니 자수한 학생은 손가락을 꺾은 것은 사실이지만 불상의 아름다움에 몽롱해진 것이 아니라 "금박이 씌워져 있다고 들었는데 그렇지 않았고, 나뭇결이 그대로 보였으며 먼지가 쌓여 있었다"라고 한 모양이다. 관리인이 없어서 그만 만지고 말았다, 아름다움에 홀린 것이 아니라 그 반대이며 손가락을 꺾은 이유는 자기도 모르겠다고 말했다 한다. 홀렸다고 하는 편이 로맨틱하기도 하고 불상의 아름다움이 더 잘 전달될 수도 있지만, 인터넷의 정보가 사실이라면 실제로는 먼지투성이였던 불상이 불쌍했다. 손가락이 파손된 것은 사실이나 그 뒤 훌륭하게 복원되었다고 한다.

　내가 자란 집에는 불상이 없었고 부모님이 둘 다 종교를 싫어해서 관련된 물건도 없었지만 성모 마리아에 대해 쓰여 있는 그림책과 아동서는 두 권 있었다. 부모님이 어린이 책을 읽을 리는 없고, 또 내가 조르지 않았는데도 그 책들이 집에 있는 게 신기했다. 초등학생 때

　"이 책은 왜 있는 거야?"라고 물어봤던 기억이 있다. 엄마 말에 따르면, 동네에 성당이 있었는데 거기 수녀님들이 포

교도 겸해서였는지 어린이 책을 들고 각 가정을 돌아다녔다고 한다. 분명 가격은 안 쓰여 있었던 것 같지만, 내 생각으로는 산다기보다 책을 받고 기부하는 형태로 돈을 건넸던 게 아닐까 싶다. 그것 말고는 종교 관련 책이 전혀 없었다. 무슨 일이 있었는지 모르겠지만 부모님은 둘 다 스님을 싫어해서

"그 사람들은 뒤에서 뭘 하는지 몰라. 믿을 수 없어."

하며 종종 험담을 했다. 평소에는 사이가 나쁜 부모님이 그런 데서 의견이 일치하는 것도 신기했다. 불교보다 기독교가 그들에게는 인상이 좋았던 거겠지.

그런 내 집에는 지금 기독교와 불교 관련 동상이 놓여 있다. 지금으로부터 3년 전, 무더위가 이어지던 여름에 나도 녹초가 되었지만 당시 열아홉 살이었던 우리 집 노모는 나보다 더 녹초가 되어 반응이 둔했고 그저 멍하게 있기만 했다. 차가운 수건으로 몸을 닦아주기도 하고, 부채질도 해주고, 고양이가 에어컨을 싫어해서 상태를 봐가며 에어컨 전원을 껐다 켰다 하기도 했다. 그전까지는 추위에는 약했지만 더위에는 분명 비교적 강했는데 뭔가 생기가 없었다. 암고양이라면 늘 하는 그루밍도 안 하게 되어 내가 대신 닦아

주면서 나이가 나이니만큼 슬슬 때가 오는 것인지도 모르겠다며 각오하고 있었다.

그럴 때 프랑스의 도자기 브랜드 앙리오 캉페르의 홈페이지를 보다가 한 동상에서 시선이 멈췄다. 왜 이 홈페이지를 봤냐면 친구의 생일선물을 사러 선물 가게에 들어갔더니 거기에 캉페르의 식기가 있었기 때문이다. 소박하고 도톰하며 묵직한 그 식기에는 인물, 동물, 화초 등 다양한 그림이 그려져 있다. 그때 친구에게는 다른 브랜드의 쿠션 커버를 사줬지만 이 식기 브랜드명은 머릿속에 계속 남아 있었다.

그 동상은 그리스도를 안고 있는 성모 마리아상이었다. 청초하고 아름다운 미인형의 진짜 사람 같은 성모 마리아상이라면 흔히 봤지만, 이건 반대로 일본의 전통 인형 같은 분위기를 풍겨서 소박하고 귀여운 게 마음에 들었다. 크기가 세 종류 있었는데, 그중 가장 작은 15센티짜리 동상을 샀다. 우리 집 고양이에게 만일의 경우가 일어났을 때 유골함 곁에 이 소박하고 귀여운 동상을 나란히 놓아주자고 생각했던 것이다. 일단 고양이를 위해서라는 마음이긴 했지만 실은 나를 위해서였을지도 모른다.

반응도 둔하고 멍한 노묘를 보며 매일 언제 이별할 날이 올지 불안해하는 날이 이어졌다. 그러던 중 평소에는 그런 행동을 하지 않던 고양이가 내가 먹던 자연산 장어 꼬치구이를 이상하게 탐내더니 나도 좀 줘, 줘, 하며 야옹야옹 울기 시작했다. 그 꼬치구이는 어느 가게의 영업자에게 추천을 받았는데

"으악, 네 팩에 그렇게 비싸?"

하며 놀랐지만 무더위에 지치기도 해서 맛있는 것을 먹으려고 사봤다. 나한테는 노묘의 황천길 선물이라는 마음도 있어서, 양념이 묻은 부분을 뜨거운 물로 씻은 뒤 달라는 대로 줬다. 식욕이 없었는데도 고양이는 눈 깜짝할 사이에 절반을 먹었다. 다음 날도 마찬가지로 좀 줘 공격이 대단했다. 나는 가격도 있으니 한 팩씩 소중하게, 며칠 간격을 두고 먹으려고 했는데 노묘는 저녁밥 먹을 시간이 되면 냉장고 앞에서 야옹야옹 울면서 재촉해왔다.

"또 '장'이 먹고 싶니?"

물어보자 그때까지 절반밖에 안 뜨고 있던 눈이 동그랗게 확 커져서는

"야옹."

우렁차게 대답했다. 노묘는 장어를 연일 먹는 사이에 푸석푸석했던 털에도 윤기가 돌고 아주 건강해졌다. 자연산 장어 꼬치구이에 노묘가 원하는 어떤 영양분이 들어 있었겠지만 그게 대체 뭐였는지는 모르겠다. 나흘째에

"이걸로 마지막이에요. 이제 끝이야."

하며 접시에 담아주자 우걱우걱 맛있게 먹고 만족한 듯 앞발로 얼굴을 문질렀다.

"배부른가 보네. 맛있었지?"

얼굴을 쓰다듬으며 그렇게 말하자 고양이는 귀여운 표정으로

"야옹."

하고 울었다. 건강할 때의 고양이로 돌아와 있었다.

하지만 장어는 네 팩밖에 없었다. 일단 이걸로 끝이라고는 말했지만 노묘의 머리로는 이해할 수 없었는지 그로부터 사흘이 지나자 또다시 냉장고 앞에 앉아 울었다.

"장?"

하고 물어보자 댕그래진 눈을 빛내며 내 얼굴을 봤다.

"지난번에 전부 먹었잖아."

고양이는 불만스러운 표정을 지었다.

"알겠어. 그럼 내일 사 올 테니 오늘은 좀 참으렴."

고양이는 얌전히 물러났다.

다음 날, 딱히 다른 볼일이 없었는데도 사람들이 고급이라고 하는 마트까지 장어를 사러 갔다. 지난번에 먹은 것보다는 싸지만 일반적인 장어에 비하면 나름대로 고가다. 분명 기뻐하겠지 하며 잘 먹는지 보려고 접시에 조금만 넣어주자 킁킁 냄새를 맡을 뿐, 먹으려고는 하지 않았다.

"어? 이상하네."

고양이는 고개를 돌린 채 두 번 다시 냄새를 맡으려고도 하지 않았다. 노묘에게 '장'이란 그 자연산 장어이며, 고급 마트에서 파는 장어라도 그에게는 '장'이 아니었던 것이다.

영업자에게 다시 자연산 장어 팩을 구할 수 있는지 물어봤는데 이제 못 구한다고 해서 그것을 고양이에게 설명했다. 이해했는지 어쨌는지 모르겠지만 그 '장' 덕분인지 스물두 살이 된 지금도 건강하게 지내고 있다. 그루밍도 발톱 갈기도 꼬박꼬박 하게 되었다. 하지만 몹시 흥분하며 장어를 먹은 것은 그때뿐이었고, 계속 쌩쌩하게 지냈으면 해서 매년 여름철에 장어 꼬치구이를 사서

"먹을래?"

하며 냄새를 맡게 해도 전혀 관심을 보이지 않는다. 고양이가 정한 등급의 '장'이 아니어서인지, 아니면 영양상 더는 필요치 않게 된 것인지 잘 모르겠다. 성모 마리아상의 옆자리에 들어가는 건 아직은 나중 일이었으면 한다.

종교 관련 동상이 우리 집에 있는 것은 성모 마리아상이 처음이 아니다. 16년 전, 사기사와 메구무 씨가 급서했을 때 불상을 모으던 친구가 가지고 있던 것을 하나 줬다. 그 사람도 사기사와 씨와 몇 번이나 만난 적이 있어서

"닮았으니까."

하며 가지고 와준 것이다. 만약 사기사와 씨가 이 동상을 본다면

"뭐야, 언니. 내가 이렇게 얼굴이 동그랗고 뚱뚱해?"라고 웃으면서 말하겠지.

"아직 어린이라서 그래. 하지만 나중에 대일여래가 되니까 훌륭한 동상이야."

혼자서 그와 대화를 나누며 침실 서랍장 위에 놓아둔 이후로 쭉 그 자리를 지키고 있다. 우연히 이 원고를 쓴 날이 그의 기일이어서

"역시 난 이렇게 뚱뚱하지 않아."

하는 그의 목소리가 들릴 것 같아 후후훗 웃어버렸다.

이 어린 대일여래의 앞에는 친구가 발리에서 사 온 장식품 과일바구니도 놓여 있다. 수박, 포도, 파인애플, 망고스틴 등의 과일이 지름 8센티짜리 수제 바구니에 들어 있는 것이다. 아쉽게도 동네 꽃가게가 휴업 중이라서 올해 기일은 꽃 없이 넘어가는 것을 용서받으려 한다.

생각해보니 이 역시 친구에게 선물 받은 물건인데 고양이 히나 인형도 있다. 히나 인형이라면 내가 태어났을 때 부모님이 사줬지만, 보관을 잘못한 탓인지, 아니면 당시 목조주택에서는 어쩔 수 없는 일이었는지 여섯 살 때 단에 장식하려고 상자를 열었더니 메비나*의 얼굴이 쥐에게 파먹혀 있었다. 엄마는

"꺄아악."

비명을 지르고는

"너무 재수 없네."

하며 무척 기분 나빠 했다. 어린 남동생은 깜짝 놀라 엉엉

---

* 황후 모습을 본떠 만든 히나 인형.

울었지만 나는 딱히 아무런 감정 없이 얼굴을 파먹힌 히나 인형을 보며

'히나마쓰리 때 히나아라레*를 먹을 수 있다면 인형은 없어도 돼'라고 생각했을 뿐이다.

하지만 혼자 산 다음부터는 히나마쓰리 때 장식할 물건이 하나쯤 있어도 좋지 않을까 해서 앤티크 인형가게에서 주인이 보여준 키가 50센티도 넘는 이치마쓰 인형**을 샀다. 제2차 세계대전이 시작되기 직전에 팔다 남은 물건이었는데, 기모노가 얇은 모슬린이어서 딱해 보였기에 인형 기모노 재봉법을 가르쳐주는 교실을 다니며 헌 옷 가게에서 어린이용 기모노를 사서 후리소데***를 만들었다.

그 후 지금은 노모가 된 새끼 고양이를 거두고부터는 고양이가 인형에 흥미를 보이며 냄새를 맡고 달려들려고 해서 장식하는 건 관두고 오동나무 상자에 넣어뒀다. 히나마쓰리용으로 장식할 것이 없어지자 때마침 친구가 고양이

---

* 히나 인형 앞에 차려놓는 과자.
** 옷을 갈아입히며 노는 일본의 전통 인형.
*** 미혼 여성이 성인식이나 결혼식 등에 입는 화려한 기모노.

히나 인형을 선물해줬다. 귀엽기도 하고 다행히 고양이도 흥미를 보이지 않아서 3월이 되면 매년 장식하고 있다. 가로 18센티, 높이 7센티, 두께 4센티로, 크기는 작지만 놓아두기만 해도 히나마쓰리 분위기가 나서 기쁘다. 기본적으로 청소를 싫어하기 때문에 먼지를 떨어야 하는 물건이 늘어나는 건 싫지만 이 정도는 있어도 부담되지 않는다. 지금 사는 집에서 이사를 간다 해도 앞으로도 잘 보이는 곳에 두려고 한다.

꽃병

꽃 장식하기

나는 꽃이 어려웠다. 보면 예쁘다는 생각은 들지만 실제로 집에서 꽃병에 장식하려면 좀 귀찮았다. 산 직후에는 즐겁고 역시 꽃은 좋다며 기뻐하지만, 싱싱함이 차츰 사라지면 언제 처분해야 할지 모르겠고, 그래서 완전히 시들기를 기다리다 보면 아무래도 집 안이 음침해진다. 시든 꽃을 내버리고 꽃병을 씻는 일도 번거로웠다.

이런 나라도 아주 가끔 마음이 내켜서 일 년에 두 번 정도 꽃을 살 때가 있었다. 꽃이 있으면 집이 화사해져서 기분도 좋아지지만, 내가 꽃병에 꽂아두면 반드시라고 해도 좋을 정도로 눈 깜짝할 사이에 꽃이 시들었다. 사흘 정도 만에 축 쳐져버리기에 꽃은 원래 이런 거냐고 친구에게 물어보니 보통은 일주일, 길면 이주는 간다고 했다.

"꽃이 시들 정도의 네 독기가 집에 가득 차 있는 거 아니야?"

친구는 웃었지만 어쩌면 정말 그럴 수도 있겠다는 생각에 나는 웃지 못했다.

가령 동물을 좋아하는 사람이라면 상대 동물도 그것을 느끼고 바짝 다가온다고 한다. 나도 그래서 개와 고양이, 새와도 커뮤니케이션이 될 때가 있다. 대개는 상대도 꼬리를 흔들거나 가까이 다가오며 반응해준다. 어쩌면 꽃에도 그런 감각이 있어서 원예에 재능이 있는 이른바 '초록 손가락'을 가진 사람이나 꽃에 애정이 있는 사람에게는

'열심히 피자.'

하며 꽃 나름대로 노력을 해주는 게 아닐까. 나처럼 꽃을 별로 좋아하지 않는데도 변덕으로 산 사람에게는 꽃도 응답해주지 않으며,

'어차피 너는 제대로 돌봐주지도 않을 거잖아?'

하고 얼른 시들어버리는 게 아닐까 싶었다.

젊은 시절, 털실 가게에서 알게 된 어떤 여자는 방과 후 교실 선생님이었다. 나보다 두 살 아래인 얌전한 사람이었

는데, 구체적인 상대가 있는 건 아니지만 결혼하고 싶은데도 못 한다며 고민하고 있었다. 그리고

"나는 못생겼으니까"라고 말하는 것이었다. 누구를 닮았냐면 개그 콤비 오아시즈의 오쿠보 가요코 씨가 쇼트커트를 한 느낌이었는데, 나는 오쿠보 씨가 못생겼다고 생각하지 않기 때문에 당연히 그때도 그가 한 말에 깜짝 놀랐다.

"뭐라고?"

하며 놀라고 있었더니 그는 아이들에게

"선생님은 왜 결혼을 못 할까?"라고 물었다 한다. 그러자 아이들은 "으응, 호박이라서 그런 걸까요?"라고 말했단다.

"그렇구나. 그러면 결혼을 못 하겠네"라고 그가 말하자 아이들이 그건 큰일이라며 걱정을 했는지, 어떻게 하면 결혼할 수 있을지를 진지하게 생각해줬다고 한다. 옷이 수수하니까 좀 화려하게, 화장은 더 하는 편이 좋다, 머리를 기르는 편이 좋지 않을까 등등.

"아이들이 너무 열심히 생각해줘서 우스워졌어요."

그는 웃고 있었다.

그런데 그 사람의 식물에 대한 지식이 장난이 아니었다. 둘이서 길을 걸을 때 길가나 도로변 집 앞에 자라나 있는

풀을 가리키며

"이건 새포아풀, 이건 떡쑥, 요건 실겨우살이풀이고 저건 다마류……"라는 식으로 눈에 들어오는 모든 작은 식물의 이름을 알려줬다. 나는 우와아 놀라며

'이렇게 화초 이름을 잘 아는 사람이 결혼을 못 하는 게 오히려 이상해'라고 생각했다. 그가 꽃을 산다면 분명 오랫동안 계속 피어 있을 거라는 느낌이 들었다. 원래 지적인 데 다 그런 마음까지 가진 사람이라면 틀림없이 결혼할 수 있을 거라고 확신했다. 그로부터 몇 년 뒤, 그가 결혼했다는 이야기를 듣고 당연한 일이라며 납득했다.

반면 나로 말할 것 같으면 꽃과의 궁합이 그야말로 나쁘다. 이번에 산 꽃이 피어 있는 기간이 너무나도 짧아서 다음번에는 꽃봉오리가 많은 것을 사도 그 꽃봉오리들이 한 송이도 벌어지지 않은 채로 시든다. 그때마다 꽃에 대해 면목 없는 마음이 되어 분명 꽃도 나 같은 사람이 사서 절망했겠다고 생각한다. 되도록 꽃에 폐를 끼치지 않도록, 그리고 나도 귀찮지 않도록 꽃을 멀리하게 되었다.

지금으로부터 이십몇 년 전, 그런 나에게 지인이 아름답고 호화로운 크리스털 꽃병을 선물해줬다. 높이 27센티, 지

름 15센티의 큰 꽃병이었는데, 무척 기뻤다. 가끔 꽃다발을 받으면 거기에 꽃을 꽂았다. 연말에는 겨울에 피는 게이오자쿠라*를 받을 때가 있어서 그 가지 다발이 집에 오면 크리스털 꽃병에 풍성하게 꽂아뒀다. 덕분에 설날부터 2, 3월에 걸쳐 벚꽃이 다 피고 잎이 나는 가지의 모습까지 즐기지만, 크리스털 꽃병에 나뭇가지는 명백히 어울리지 않는다. 그것과 어울릴 만한 도자기 꽃병을 사야 한다고 생각하면서도 기본적으로 관심이 없었던 탓에 최근 몇 년 동안이나 벚꽃은 크리스털 꽃병이라는 안 맞는 옷을 억지로 입고 있었다.

2월에 엄마가 노환으로 돌아가셨는데, 우리 집에는 불단이 없으니** 공양하는 장소라 해도 나무 접시 위지만 친구가 준 상아를 깎아 만든 작은 지장보살상 등과 함께 일단 꽃을 장식해뒀다. 거기에 놓여 있는 게 선물 받은 크리스털 꽃병인데, 그 크기에 어울리는 볼륨을 가진 꽃을 꽂으려고 핑크색 스톡을 몇 송이 샀더니 묘하게 고급스러웠다. 엄마는 나

* 일본 벚꽃 품종의 하나.
** 일본에서는 보통 가정집에 불단을 두고 조상을 모신다.

와는 달리 초록 손가락을 가지고 있었던 사람이니 그편을 좋아할 것 같긴 했지만 딱 보기에도 너무 거대해서 주위와 조화가 안 되었다. 꽂아둔 꽃이 시들면 꽃병째 치우려고 마음먹고 있었다.

그런데 엄마의 무언가가 내게로 옮겨붙은 것인지 집에 꽃이 없으면 마음이 차분해지지 않게 되었다. 추운 계절에는 화분 식물이 많은 것 같지만 2, 3월이 되면 줄기를 잘라서 파는 꽃도 늘어나는지 화사해진다. 꽃 같은 건 집에 없어도 아무렇지 않았는데 너무 신기했다. 엄마는 욕심 많은 사람이었으니 저세상에서

'나를 위해 꽃 정도는 장식해두렴.'

하고 텔레파시를 보내고 있는 게 아닐까 싶다. 또 딱히 뭘 하지도 않았는데 꽃병에 꽂아둔 꽃이 전보다 더 오래가게 된 것도 신기했다.

내 꽃꽂이 솜씨에 이 꽃병은 지나치게 근사하다. 기억을 더듬으며 집 안을 뒤져보니 오래전에 산 한 송이용 크리스털 꽃병이 나왔다. 지름 15센티의 대형 꽃병과 지름 2.5센티의 미니 꽃병이라는 극단적인 크기만 있고, 가장 이용 범위가 넓다고 여겨지는 중간 크기가 없다. 젊은 시절 높이 18센

티, 지름 8센티쯤 되는 조리도구를 넣어두는 용도의 하얀 원통형 도자기를 꽃병으로 썼던 기억도 있는데, 집에 없는 것을 보니 처분한 모양이다.

꽃 사는 습관이 생기고 알게 된 사실은 꽃의 상한 부분을 잘라가며 꽂는 게 가능하다는 것이었다. 전에는 눈 깜짝할 사이에 시들어버렸으니 거기까지 몰랐다. 조금씩 상한 부분을 잘라내기 때문에 처음에는 커다란 화병에 던져 넣은 듯이 꽂혀 있지만 점점 전체의 볼륨이 줄어든다. 그렇게 되면 시든 꽃을 뽑고 잎을 떼어내는데, 그때는 한 사이즈 작은 꽃병이 적당해서 갈아 꽂을 중간 크기의 꽃병이 필요해졌다.

한데 찾아봤더니 마음에 드는 물건이 영 눈에 띄지 않았다. 마음에 든다 해도 가격이 엄청나게 비쌌다. 백엔숍에서 사면 허영심 있는 어머니가 저세상에서

'나를 공양하는 데 그런 싸구려를 사다니.'

하며 무언가로 둔갑해 나타날 것 같아서, 내가 꽃병으로서 적당하다고 느끼는 가격대의 물건 가운데 찾는 수밖에 없었다.

원래는 그런 페이지를 휙휙 넘겨왔지만 그 뒤로는 배달

온 잡지에 꽃꽂이 사진이 있으면 가만히 관찰하거나 인터넷으로 꽃이 어떻게 꽂혀 있는지 살펴보기도 했다. 그러나 인스타 사진발을 고려한 것인지 전부 과하게 세련돼서 일상적으로 집에 장식하는 꽃 스타일이 아니다. 더 자연스럽게, 문자 그대로 던져 넣은 듯한 분위기가 좋은데 하며 내 안에서 이미지를 부풀려보려 했지만 관심 없는 분야이기도 하니 어떻게 하면 될지 알 수 없었다.

　고민을 거듭한 끝에 산 것은 높이가 19센티 정도 되는 물병 모양의 도자기 꽃병이었다. 이것이라면 분위기가 캐주얼해서 좋지 않을까 생각했지만 의외로 안 어울리는 꽃이 있다는 사실을 깨달았다. 이때 나는 처음으로 꽃병과 꽃의 조화가 중요하다는 점을 배웠다. 거대한 크리스털 꽃병은 꽃의 볼륨을 생각해서 꽂으면 아주 근사하긴 한데, 우리 집에는 일정 분량 이상의 꽃을 꽂을 수 있는 게 그 꽃병밖에 없었다. 꽃을 시들게 할 수는 없으니 말하자면 그저 보관 장소 같은 것이었다. 그러나 앞으로는 그렇게 해서는 안 된다. 꽃병과의 조화를 잘 생각해서 꽃을 사고 꽂아야 하는 것이다.

　이런 부분의 센스가 없는 나는

"대체 어떻게 하면 좋을까."

중얼거리며 어딘가에 꽃이 꽂혀 있으면 꽃과 꽃병의 조화를 물끄러미 관찰했다. 분명 그랬는데도 직접 꽃을 사서 꽃병에 꽂아보면 양이 너무 많든지 해서 어딘가 어색했다.

그 물병 모양 꽃병에는 많은 꽃을 꽂을 수 없어서 시들어 숫자가 줄어들면 미니 꽃병으로 옮겨 꽂으려고 했다. 한데 그 미니 꽃병에는 꽃이 워낙 적게 들어가서, 곧 시들 것 같지만 아직 다 시들지 않은 꽃을 원래 꽃병으로 되돌려놓자니 궁상맞은 상황이 되었다. 어떻게 하면 좋을지 다시 생각한 끝에 소량의 꽃을 꽂을 수 있는 꽃병을 사기로 했다.

이때는 마음에 드는 물건을 금방 찾았다. 깔때기를 뒤엎은 듯한 모양에 지름 8센티, 높이 6센티쯤 되는 도자기 제품이었는데, 빨강과 초록 두 가지를 샀다. 이거라면 꽃줄기의 길이가 10센티보다 짧아져도 한계까지 살려둘 수 있다. 두 개를 나란히 두고 쓰면 귀엽기도 하다. 좋은 물건을 샀다며 기뻐했는데 입구가 너무 좁아서

'이거 어떻게 씻지?'

하고 얼마 뒤에 세척의 어려움을 깨달았다. 스펀지도 손가락도 들어가지 않는다. 투명하지 않아서 안쪽 상태가 어

떤지 모르는 것도 불안했다. 이 방법으로 괜찮을지 모르겠지만, 안에 소량의 세제와 물을 넣고 입구를 손가락으로 막아서 몇 번 흔든 뒤 헹궈서 햇볕에 말리고 있다. 어쩌면 더 편한 방법이 있을 수도 있다.

친정에서 엄마는 언제나 꽃을 사서 장식했던 모양이다. 꽃꽂이도 배운 적이 있어서 그때 쓰던 꽃병을 포함해 화기*의 수가 백 개도 넘는다는 것을 알고

'왜 이렇게 많은 거야?'

하며 깜짝 놀랐다. 백 개는 아무리 생각해도 지나치게 많지만 엄마의 마음도 대충 알 것 같았다. 이 꽃에는 아무래도 딱 맞는 느낌이 안 들어, 이 계절에 이 꽃병은 좀…… 하다가 정신을 차려 보니 백 개가 되었던 거겠지.

하지만 나는 당연히 백 개씩이나 사지 않을 테니 앞으로 중간 크기의 유리 꽃병과 물병 모양이 아닌 불투명한 도자기 꽃병이 하나씩 더 있으면 좋을 것 같다. 엄마가 돌아가신 날짜가 되면 꽃을 장식하고 있긴 하다. 이거다 싶은 게 발

* 꽃꽂이용 그릇.

견될 때까지는 집에 있는 꽃병에 조금씩 나눠서, 앞으로도 계속 꽃꽂이(라고는 해도 그저 꽃병에 집어넣는 것뿐이지만)를 하며 꽃이 있는 생활을 일상으로 만들어나가고 싶다.

손에 쥘 수 있는 작은 행복

코로나 19로 인해 집에 있는 시간이 길어지면서 인테리어 산업이 초호황을 맞이했다는 기사를 읽은 적이 있다. 집 안의 물건들을 정리해주는 프로그램이 인기를 끈 것도, 홈 가드닝 산업이 특수를 누리고 있는 것도 같은 맥락이다. 나 역시 낡은 가구들을 당근으로 처분하고, 더러운 벽지를 셀프로 교체하고, 창고와 수납장을 정리하는 일을 팬데믹 기간에 해치웠다.

세계적인 정리의 대가 곤도 마리에는 설레지 않으면 버리라고 했는데, 그 말에 따르면 우리 집은 예비 쓰레기로 넘쳐나는 물건들의 지옥이었다. 이제는 신지 않는 하이힐, 무거워서 들지 않는 통가죽 가방, 사놓고 안 보는 책들, 유통

기한이 몇 년이나 지나버린 상비약……. 정리하기로 마음
먹고 보니 버려야 할 것이 자꾸 눈에 띄었다. 100리터짜리
쓰레기봉투에 꽉 들어찬 물건들을 보며 이제 무언가를 집
에 새로 들일 때는 지금까지의 몇 배로 신중하게 고민하겠
다고 다짐했다. 내가 사용하는 물건들에 애정을 두루 쏟으
려면 그 개수는 적을수록 좋을 테니까.

　이 책은 한창 그런 활동(?)을 하던 기간에 번역했다. 미니
멀리스트의 삶을 동경하면서도 서랍장 가득 편지지 세트
를 구비해두고, 플라스틱 제품을 최대한 안 쓰려 노력하지
만 무심코 에네탄 베개를 사버리는 저자의 모습은 나와도
조금 닮아 있어서 슬며시 웃음이 나왔다. 반면 뚝배기 하나
로 20년 가까이 밥을 지어 먹은 것, 집에 무슨 식기가 있는
지 종류와 개수를 다 파악하고 있는 것, 선물 받은 포장지를

버리지 않고 북커버로 활용하는 것 등은 내가 본받고 싶은 생활 태도였다. 곤도 마리에의 말을 뒤집으면 "버리지 않을 물건에는 설레어야 한다"가 되는데, 무레 요코야말로 그 명제의 실천자가 아닌가 싶었다.

자신이 매일같이 사용하는 물건에 늘 설레는 것. 예컨대 잘 고른 먼지떨이 하나에 오래도록 뿌듯해하고 털실 하나에도 기쁨을 느끼는 것. 어쩌면 이 집콕의 시대를 잘 헤쳐 나가기 위해서는 그런 손에 쥘 수 있는 작은 행복이 필요할지도 모른다. 관계는 사람과 사람 사이뿐만 아니라 물건과 사람 사이에서도 성립된다.

2022년 3월

이지수

무레 요코群ようこ   1954년 도쿄에서 태어났다. 니혼대학교 예술학부를 졸업한 후 광고회사 등을 거쳐, 1978년 〈책의 잡지사本の雜誌社〉에 입사했다. 이때 지인의 권유로 칼럼을 쓰기 시작했고, 1984년 에세이 『오전 0시의 현미빵』을 발표하며 작가 생활을 시작했다. 이후 여성들의 소소한 일상을 경쾌하고 유머 넘치는 문장으로 표현하면서 '요코 중독' 현상을 일으키기도 했다. 다수의 작품이 영상화되었으며 국내에서는 영화 〈카모메 식당〉의 원작 소설로 이름을 알렸다. 그 밖의 작품으로 『모모요는 아직 아흔 살』 『빵과 수프, 고양이와 함께하기 좋은 날』 『세 평의 행복, 연꽃 빌라』 『일하지 않습니다』 『구깃구깃 육체백과』 『그렇게 중년이 된다』 등이 있다.

옮긴이 이지수   하루키의 책을 원서로 읽기 위해 일본어를 전공한 번역가. 언젠가 그의 책을 작업할 날이 올 거라고 믿고 있다. 사노 요코의 『사는 게 뭐라고』 『죽는 게 뭐라고』, 고레에다 히로카즈의 『영화를 찍으며 생각한 것』 『작은 이야기를 계속하겠습니다』, 미야모토 테루의 『생의 실루엣』 등을 우리말로 옮겼고 『아무튼, 하루키』 『할 수 있는 일을 하고 있습니다』(공저) 『읽는 사이』(공저)를 썼다.

이걸로 살아요

초판 1쇄 발행 2022년 4월 20일
초판 2쇄 발행 2022년 6월 10일

지은이 무레 요코
옮긴이 이지수
펴낸이 하인숙

기획총괄 김현종
책임편집 김종숙
디자인 김정연

펴낸곳 ㈜더블북코리아
출판등록 2009년 4월 13일 제2009-000020호
주소 서울시 양천구 목동서로 77 현대월드타워 1713호
전화 02-2061-0765 **팩스** 02-2061-0766
블로그 https://blog.naver.com/doublebook
인스타그램 @doublebook_pub
포스트 post.naver.com/doublebook
페이스북 www.facebook.com/doublebook1
이메일 doublebook@naver.com

ⓒ 무레 요코, 2022
ISBN 979-11-91194-58-6 (03830)